谷川俊太郎

対談集

ららら星のかなた

伊藤比呂美

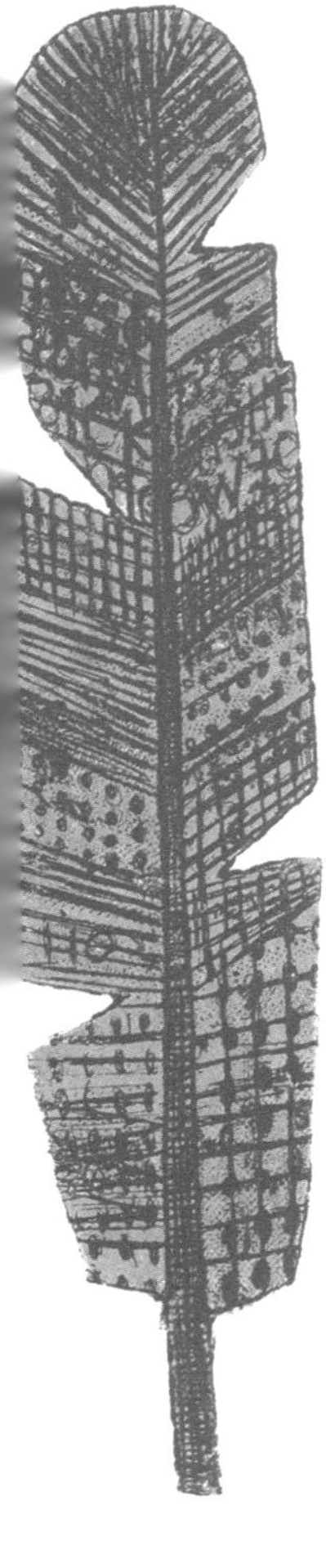

中央公論新社

まえがき

伊藤比呂美

まず最初の対談が二〇二〇年の秋にありまして、それは『婦人公論』（同年一一月一〇日号）に載りました。その後も続けたくて、二〇二一年三月から不定期に谷川邸に通って対話をくり返し、二〇二二年一一月にいったん区切りをつけました。ずっと同席していたライターの田中有さんに、膨大な量の対話をまとめてもらいました。

コロナ禍の最中でしたが、谷川さんは気になさらず、「来ていいよ」と言ってくださるのですが、万が一うつしてしまったら、谷川俊太郎を殺した女と末代まで名が残る。それは絶対に避けたいので、私たちは近所の喫茶店でＰＣＲ検査をしてから谷川邸に行きました。ところがその谷川邸が、森の中の一軒家のように、どうしてもたどり着けない。住所も知ってる、スマホもあるのに、不安にかられて探し歩いていたものです。いつでも、すっかり迷ってしまった頃に、私たちはやっとその家をみつけるのでした。

対話を始めるのは、午後一時か二時でした。

東京の古い住宅地のしずかな一角。車の通るときは塀にへばりついて身を守らねばならない道。下町の路地にあるのとは趣の違う植木鉢のならぶ道。しとしとの雨の日も、真夏の日射しの下も、私たちは歩きました。塀の向こうにのぞく庭木にも、少しずつ見おぼえのあるものが増えていきました。

そうやって通った中でも忘れられないのが、二〇二一年の盛夏の回。

谷川さんがタンクトップで出てこられた。目が眩みました。お宅を出た瞬間、有さんとふたりで顔を見合わせ、「なんだったの、今のは！」と叫んだのを覚えています。九十の男のタンクトップ姿も想像してませんでしたし、それがめっちゃ色気があるなんて、いやもう未踏の地に迷い込んだ冒険家たちみたいな気分でした。

対談を一区切りつけた後も、私はひとりで谷川邸に通いました。対談に使えそうなときは、その場でラップトップに書き取りました。いくらでも話すことはありました。まだあります。

対談は楽しかったのですが、詩のやりとりは苦行でした。

そもそも私は今、行わけの詩をろくすっぽ書いていません。なんか書きたくなくて。こんな「詩のようなもの」を書いちゃったら詩人《ひろみ》として負けである、みたいなことさえ考えていました。でも、谷川さんを相手に詩をぶつける、これはやってみたい。

書き方そのものもわかんなくなってましたから、谷川さんに向かって、恥も外聞もなく詩の書き方について聞きました。谷川さんも私の抱えている詩人の宿命のような必死さをわかってらっしゃるから、真正面から答えてくださいましたけど、いつも書いてるみたいにとか、散文のままでもいいなんてことも言ってくださるんだけど、それで書ければ苦労はない。書けない書けないと唱えながら生きてるうちに、なんだか、妖怪「詩かき爺」に取り憑かれてるような気になってました。

対談のまとめを田中有さんから渡されてからも、私は取り憑かれました。ふだんはあまり直さないのに、今回はすみずみまでじっくりと、読み返し、読み直し、手を入れた。その間じゅう、谷川さんがそこにいて、私を見つめているわけです。表情も声もタンクトップも、ありありと目の前に存在してたんです。対談が終わった後、何か月間も、私は身を乗り出して話し続けているような、そんな感じでした。

死の近い人に死について聞く、以前からやりたかったことです。実は何人もの方を相手にやってきました。谷川さんにも、いつかもっと死に近くなったらお話ししてくださいねとだいぶ前にお願いしたことがあるのです。「いいけど」と軽くこたえつつ、「その気にならないかもしれないよ」と鋭く躱《かわ》されたことがありました。

でも、こうしてこたえてくださいました。あの頃と違って今の私はもっと、周囲の人がどんどん病んで死んで行く時期に入っています。私の不安を谷川さんに向けて語り、すぽんすぽんと打ち返してもらい、頭の中で自分に戻し、心の中で自分に戻し、ということを続けていったわけ。谷川さんに話したいことがあるという必然が、まずあったから、ここまで続いたのだと思うのです。

目次

第3章……子どもの頃のウソと傲慢の罪

第4章……詩とことば（Ｉ）——五感でとらえ、体内音楽に従う

第5章……詩とことば（Ⅱ）——詩にメッセージは必要か

第6章……仏教のいいとこ取り

第7章……九十代、老いは進化する

構成　田中 有
装画　アンドーヒロミ
撮影　村山玄子
装幀　中央公論新社デザイン室

対談集　ららら星のかなた

第1章……ひとり暮らしの愉悦

話を聞いてほしくて

伊藤　谷川さん、こんにちは。久しぶりにお会いできるのを、ずっと楽しみにしていました。

谷川　比呂美さん、いらっしゃい。元気そうだね。

伊藤　元気なんですけどね。物をなくすんですよ。お財布なくしたり、鍵なくしたり、メガネなくしたり。こないだも補聴器の高いやつ、なくしちゃって、青くなりました。けっきょく見つかったんですけど。トシのせいかもしれないし、昔からこうだったかもしれないし。

谷川　トシだなんて、何をまた。あなた、いくつになったの？

伊藤　六十五歳です。谷川さんはおいくつになられますか。

谷川　今年（二〇二一年）の誕生日が来たら九十歳ですよ。

伊藤　すごいですねえ。私の父も、連れ合いも、九十歳までは生きられませんでした。谷川さん、本当にお元気です。

谷川　いや、そんなことないですよ。比呂美さん、今でもまだ熊本と東京を行ったり来たりしてるの？

伊藤　はい、ちょこちょこやってます。熊本から早稲田大学に毎週講義に通うのは、先日、契約期間を全うしました。今は用事があるときに出てきますね。

谷川　早稲田の先生になるためにアメリカから帰ってきたのが……。

伊藤　三年前（二〇一八年）です。その前は二十年近く、親の介護でアメリカと熊本を行き来していて、ふた親が死に、アメリカで連れ合いが死に、大学で教えることが決まって熊本に戻ってきたんです。最初の一年は週に三日は東京、残りは熊本。コロナ禍になってからは大学もオンライン講義でしたけどね。

谷川　僕はコロナのワクチンは打たなくてもいいと思っているんですよ。家から出ないし、用事があればこうして来てもらっているし。家にいるのはちっとも苦にならないね。何せ、二十代の頃に仲間と遊んでいたときに、ついたあだ名が「家路《いえじ》」だった人ですから。これからっていうときに帰っちゃう（笑）。

伊藤　ドボルザークですか。いいあだ名ですねえ。谷川さんがお育ちになったのは、このお家《うち》でしょう。前にお邪魔したときも思ったんですけど、駅からこちらに歩いてくる間、東京は山の手の古き佳き住宅街で、どこのお宅も緑がいっぱい。この居間から見えるお庭も落ち着きますね。

谷川　戦前の、僕が子どもの頃はまだ、畑の中にポツンと建った田舎の一軒家って感じでしたけどね。だけど比呂美さんはそうやって飛行機で動き回ってた人だから、ステイホームは苦痛だったんじゃないの？

伊藤　それ、よく言われるんですけど、まったく逆ですね。家にずっといられるから、こんなに楽なことはないですよ。でも、昨年（二〇二〇年）谷川さんとここでお会いしたとき、生身の人間に話を聞いてもらう喜びを思い出したんです。今は私、とにかく、誰かに話を聞いてほしいんですよ。

谷川　まだ学生たちとは付き合いがあるでしょう。彼らでいいじゃん（笑）。

伊藤　それはちょっと、関係性が違う。誰でもいいわけじゃなくて。私、つい聞き役になっちゃうんですけどね。たまには私の話を聞いてくれる人がほしいんです。こないだうかがったとき、聞いてくださったでしょう、あのときに、これはもう、谷川さんしかいないって思いましたね。

谷川　比呂美さん、どうやらひとり暮らしが長くなってきたんじゃないの？　僕も自分が話すよりその方が楽だしさ、好きなだけ話してよ。

伊藤　はい、遠慮なく（笑）。私ね、少し前に野犬の仔犬を飼い始めました。そもそもちょっと寂しくなると、熊本県の動物愛護センターのホームページを開いて、「保護犬」の画像を見る趣味がありまして。この子だとウチにいる子たちとうまくやれそうだなとか考えてるんですね。このないだ、その中に、見たことのないような陰惨な目つきの仔犬がいて、気になっちゃって。連絡してみたら野犬の仔犬！　野犬の仔犬って人に引き取られても懐かないことが多くて、何度も戻されてきたりして殺処分……なんて言われて矢も楯もたまらずに引き取ってきました。

谷川　その前にもずっと動物がいたんだよね。

伊藤　そうなんです。私、アメリカの家で犬を二頭飼ってまして。日本行きが決まったとき、小さい老犬はいいとして、若いオスのシェパードの方は面倒を見られないって娘に言われて、その犬を熊本に連れてきたんです。早稲田に行ってる間は人に預けたりしていて大変だったんですけど、その後、コロナ禍に入って家にいるようになって、友人から猫を二匹もらったんです。

谷川　増えるねえ。でも、書くネタにはなるよね。

伊藤　はい、もちろん！　でね、その猫たちが、ウチにたくさんある観葉植物の中でも毒のあるやつ、ユーフォルビアの仲間なんですけど、齧《かじ》ったか何かしたんだと思うんですね。具合が悪くなったんですよ。娘たちに言ったら、散々「毒なんだから処分しなよ」って叱られたんですけど、私に言わせれば、植物は猫より先住だから、どうしても捨てたくない。「おかしいんじゃないの」って非難されても、無理なものは無理なんですよね。

谷川　アメリカにいたときは、家の中を観葉植物だらけにしてたって話だったけど。今も熊本で、鉢植えの植物をいっぱい育てているわけね。あなたにとっては植物だってペットなんでしょう？

伊藤　そうです、そうです。

谷川　男、植物、犬っていうのがあなたが「いいー」と思う対象の移り変わりだよね。してみると、男がいらなくなったってことだな。

伊藤　いや、まあ、そこは……。

谷川　なんだ、まだ「まあ」程度なの（笑）。

伊藤　あ、でも、大きな犬は男の代わりかもしれない。で、野犬の仔犬は、今、真剣に懐かせようとがんばってるところなんですけど。これは学生の代わりかも。

谷川　へえ、まあ、自分の子どもは大きくなっちゃったしね。

伊藤　そうですねえ。娘たちにはパートナーや子どもがいて、アメリカでそれぞれやってますからね。昔、私は哺乳動物として子どもを三人産んで育てて、時が流れて家庭というものがなくなり、自分ひとりになったときに早稲田の話が来たんですよね。そしたら学生数百人の面倒を見なきゃならなくなって、哺乳動物のはずが、魚類みたいに、おびただしい卵を産み付けられちゃって、あ、履修されちゃったってことですよ、全員ひとりひとりにおっぱいやってた感じ。

谷川　あははは。僕はひとつずつ取り扱うのならまだしも、数が多いのは苦手なんですよ。だから、よくやったと思いますよ、本当に。えらいねえ。あなた、若い頃は結構無頼だったけど、歳を取ったらまともになったね。

伊藤　ふふ。うれしいですね、ほめられると。いやまったく、学生たちを相手にするのは心底たいへんでした。この三年間は詩人としての仕事はほとんどできなかったですね。でも、学生たちは詩を教えれば伸びていくし、才能があれば才能に向き合えるし、とてつもなく面白かったんですよ。一段落ついたときに、モニター画面越しに仔犬を見つけちゃったってわけです。でも、野犬ですからね。今でも散歩には連れていけないんです、リードが付けられないから。少しずつ、少しずつ、馴れてきてるんですけど。

谷川　ひとり暮らしっていっても、あなたの場合はやっぱりまだ生き物とのかかわりが途切れないんだね。

食の好みは「カリッと」

伊藤　谷川さんもひとりで暮らしていらっしゃいますけど、お食事はどうなさってるんですか？　私、ひとり住まいになってから、料理なんてしなくなりました。家族にはものすごくやってたんですけどね。食べたいときに食べたいものを食べる、そこらへんにあるものを口に入れる、みたいにして日々を過ごしているんです。唯一誰かのために料理するとしたら、犬相手ですね。安い鶏肉をまとめて買ってきて、マリネしてローストして冷凍しとくとか。

谷川　人間用じゃなくて？

伊藤　人間はそのおあまりをいただかぬでもない（笑）。私ちょっと前に鶏のレバーをソースで漬けておく料理にハマって「昭和レバー」なんて命名したんですけど、レバーのゆでたものは犬たちが大好きで、取り合いです。

谷川　レバーをずっと食べてるの？

伊藤　私、ハマるとひたすら同じもの食べ続けるんですよ。谷川さんはそういうこと、ないですか？

谷川　特に何か続けてってものは、あんまりないですね。

伊藤　私はすごいですよ。いっとき、とろろを擂《す》るのと玄米にも凝って、ほとんど二ヵ月くらいそれを食べてました。どうやったら疲れずに効率よくとろろを擂ることができるかとか、納得のいく玄米の炊き方とか、もう試行錯誤の連続ですよ。で、ベスト・レシピにたどり着いたらもう、それひと筋です。おいしいから食べたい！　って言うより、これを食べねばいてもたってもいられない！　みたいな感じです。

谷川　僕の父親も、気に入ったら同じものを食べ続ける人でしたね。で、比呂美さん、それは……？

伊藤　（紙包みを開けると、中身は小ぶりのいなり寿司）このところはずーっとおいなりさんを作るのに凝ってるんですよ。それで、どうしてもおいなりさんに目がいってですね。

谷川　これは自家製なの？

伊藤　いえ、これはさっきデパ地下で見かけて買ってきました。私が熊本の台所で突き詰めていたのは、油揚げをぎりぎり無味じゃないというくらいの薄味で煮て、煮汁をたっぷり吸わせて、酢飯はお酢だけでシソの実漬けを混ぜる。ご近所の仲のいいおばさんにおすそ分けしたら「おいなりさんからはかけ離れたね。創作料理ね」って。

谷川　へえ。上品すぎたんじゃない？　僕の母が京都の出身だったからか、うちのおいなりさんも薄味だった記憶がある。おいなりさんに関しては、僕の好みとしては何かこう、品の悪い方がいいかなって感じですね。と言っても、僕は今、そもそも食欲がないですね。

伊藤　まあ、そうなんですか。昔から谷川さんは「オレ、粗食だから」って仰ってたでしょ。「谷川俊太郎は一日一食」って、詩人の誰かから聞きましたよ。

谷川　そんなのいい加減ですよ（笑）。みんなキャッチフレーズが好きだからね。ほんとのところは、オレ、主義がない主義の人だから。結果的に三食は取っているかな、ぐらいの食生活ですよ。もちろん、粗食がいいとは思うけどね。

伊藤　谷川さんが佳しとする粗食とはどういうものです？

谷川　玄米と味噌汁と、あと一品何かあれば。

伊藤　ああ、やっぱり玄米。そしてその一品は、何をどうやって？

谷川　セブンイレブンで買ってくる。

伊藤　ええ！　ちょっと待ってください。それ、粗食って言いませんよ（笑）。誰かが来て食事を作ってくれたりとかは……介護ヘルパーさんとか。

谷川　介護ヘルパーはいないね、まだ。

伊藤　ですよねえ。私の父は要介護一の段階で独居を始めたので、食事の用意は、ヘルパーさん四人でローテーションを組んでやっていただきました。主任のヘルパーさんとはしょっちゅうアメリカから電話でやり取りしてました。父は、ヘルパーさんが野菜とかいろいろ乗せてお鍋で作ってくれる「うまかっちゃん」っていう九州ローカルのラーメンが、大のお気に入りでした。そればっかりリクエストしてたみたいで。そんなところは私そっくり。

谷川　僕の場合は誰も作ってくれませんよ。こういうふうにお客さんが何か持ってきてくれることが多いかな。土日は息子の家族に、夜のおかずを届けてもらったりしますね。それで、夜は完全にひとりだね。

伊藤　なにか食べものを買いたいときはどうするんです、セブンイレブン以外に。

谷川　アマゾンで見つけて取り寄せることはあります。

伊藤　ああ、我われのようにコンピュータと向き合って仕事していると、ネットでポチッと買いますよね。じゃあ、谷川さんにとって、なつかしい食べものって何ですか。

谷川　やっぱり母が作ったものですね。ドーナツもそうだし、ロールキャベツも。

伊藤　うわあ、昭和の味ですね。ロールキャベツとか、いまも召し上がります？

谷川　あれば、うん。僕は、どうしても食べたいってものは特にないからね。

伊藤　谷川さん、昔から、そうなんですね。熊本で数日かけて連詩をやってたときも、お昼をどうしようってなっても「何でもいい」と仰ってた。ただ、かならずアルコールを注文してらっしゃいましたね。量は多くないけど。ランチで、「じゃ焼酎のお湯割りを」って仰ったときは驚いちゃった。今もアルコールは飲まれます？

谷川　ええ、少し飲んでますね、食事どきに。中国から送ってきた紹興酒だとか、ネットで買ったすごく安い、十二本で五千円のワインとか。今ね、味覚とか嗅覚がすごく衰えているから、昔ほどは分からないんだよ、味が。そのせいで食欲が落ちてるってこともあるんじゃないかな。ただ、美味しいものに鈍くなっているけど、不味《まず》いのも分からなくなってるの。だから差し引きで得だなって思ってます。

伊藤　衰えてきたと感じられたのって、いつ頃からですか。

谷川　七十代の後半くらいからかな。匂いもだいぶ鈍くなってるよ。そのくらいの歳の頃に詩人の集まりでどこかに行ったとき、すごく匂いの強い食べものが出てきたのね。周りはみんな「くさいくさい」って騒いでたんだけど、僕だけ何も感じなかった。それで、ハッと気づいた記憶がありますね。

伊藤　すごいですね、匂わない感覚に気づく瞬間。私はサバの匂いとか、子どもの頃から全くダメで、くさくってしかたがないんですけど、そういうんじゃなくて、昔はくさかったものが、くさくなくなるわけですか。

谷川　うん、ホントに鈍くなるんだよ。だから、今すごく美味しいと思うのは乾パンね。あれ、ほとんど味も匂いもないじゃない。それで、缶の中に金平糖の小さいのもいっしょに入ってるでしょ。両方のカリカリッとした食感がよくって、何かっていうと齧ってますね。

伊藤　乾パンですかあ。味気ないものの筆頭では……。そもそも固いでしょ。歯がお強いんですね。

谷川　そんなことはないんだけどね。歯はずいぶん早いうちにインプラントにして、それがだいたい二十数年で寿命がきたから大工事して金属の根っこを取り出して、入れ歯を作ってもらったの。

伊藤　インプラントって、ものすごく高いんですよね。

谷川　そう。それでもダメになる。それは装着した当初から言われてたんだけど。
伊藤　一生物じゃないんですか。甘い物に対する欲望もないですか。
谷川　それはすごくある。甘いもの食べないと頭が働かない人だと、自分で思ってる。スコーンとかマフィンに、クリームやジャムをつけるのが好きでね。ロンドンで食べたスコーンがすごく美味しかったんだよね。
伊藤　だとすると、アメリカ風の、ばかでかい、くそ甘いマフィンじゃダメですね。
谷川　甘すぎるのはダメ。あとはビスケットの類もすごく好き。いちばんシンプルな、森永マリーとか、泉屋のクッキーとかね。むかし有楽町にジャーマンベーカリーっていう店があって、そこのジンジャー・ビスケットがすごくおいしかった。あれがまた食べたくて、ネットで探すんだけど、同じ名前でも同じものがないんだよね。
伊藤　これから私もマリー食べます。なんかご利益があるかも。詩がうまくなるとか？　チョコレートはどうです？
谷川　ないと困るね。
伊藤　すごくすてきなお答え！　お好きなチョコレートは？
谷川　カカオ七十パーセントくらいのがいい。
伊藤　私も私も。私はこの頃「カレ・ド・ショコラ」っていうチョコレートにハマってます。あれ、子どもの頃こんなおいしいものはないと思っていた「ハイクラウン」みたいで。

谷川　僕は「ポワロの作るココア」が、わりと好きなんですよ。

伊藤　なんですか、それ？　アガサ・クリスティの探偵のポワロですよね。そんな飲みものが市販されてるんですか。

谷川　いや、ないない（笑）。カカオ七十パーセントの板チョコを削って、温かい牛乳を注ぐの。まぁ、面倒くさいから滅多にやらないけどね。飲みたいときは作りますよ。

伊藤　めっちゃ面倒くさいことをおやりになるんですね。でもおいしそう、今度やってみます。

パンとスープとビールがひとつになって

谷川　比呂美さんの『ショローの女』[※1]で、いろいろな食べもの、特にトーストや菓子パンにこだわる話を書いていたでしょう。すごく共感したんだけど、今売ってる食パンって全然ダメだよねえ。なんであんなになっちゃったの。

伊藤　でしょう！　ふわふわ、もっちもちを謳って、コマーシャルで焼き立てトーストをふたつに割るとふわーっと湯気が立つって。立ちゃしませんよ、あんなの（笑）。

谷川　僕は昔、ロンドンへ行ったとき、機械いじりに目がなかったから、中古のラジオをせっせと買ったわけです。そしたらラジオ屋のおやじが「朝メシおごるよ」って連れて行ってくれて、ミルクティとシナモントーストをごちそうしてくれたの。

伊藤　わあ、シナモントースト！

谷川　トーストにバターをぬって、シナモンぬって、ちょっとお砂糖を振りかけるの。似たようなものを、子どもの頃に母がときどき作ってくれた記憶がある。そのトーストの感じが好きなんですよ。どっちかというと薄めの、厚みが一センチないくらいで、焼くとカリッとする。もちっとなんて全然しないの。今でもあれに憧れていてね。

伊藤　その味、よくわかります。今の日本にはないですね。五年前に死んだ連れ合いのハロルドがイギリス人でね。イギリスで食べるトーストって、薄くて、パサパサで、慣れてないとショッキングじゃないですか。

谷川　うんうん、そう。

伊藤　でも、そのパサパサがラックみたいなのに一切れずつ立て掛けてあって。それにバターぬって、さらにマーマイトっていうイギリスの国民食、濃い茶色のねっとりしたしょっぱいジャムみたいなものをぬって食べると、これがなんと、美味しいんですよ！

谷川　うーん、それは何だかわからないな。そのときのトーストの厚さって、どのくらい？

伊藤　だいたい七〜八ミリくらいですかね。

谷川　相当薄いんだねえ。日本のパン屋さんで、食パンをそんな薄さになんて頼んでも、スライスしてくれないよね。

伊藤　私は今、一センチで頼んでますよ。ドイツ風の酸っぱいパン、やっと気に入ったのを近所で見つけて。谷川さん、日本の食パンブームってご存じですか？　〝高級生《なま》食パン〟とかっていうすごく高いのが、またヘンに甘いんですよ。

谷川　そうだね、甘味がついてますね。

伊藤　要するに日本で食パンを作るとき、作り手側が目ざしているのは、炊き立てのご飯なんですよ。お米の国だから。

谷川　……って、誰が唱えてるの？

伊藤　私が言ってます（笑）。

谷川　そうなんだ（笑）。オレ、サンフランシスコで食べたサワードゥもすごく好きだったね。酸っぱめのパン。

伊藤　好き。あの酸っぱさ、ライ麦をぬるま湯に入れて長い時間放っておいたら、発酵してプスプスいうくらいになって……それをパン種にするんですって。でも本題はそこじゃなくて、ここ何年も私が入れあげている発酵食品の話をしたいんですけど。

谷川　うん、パンを作るのとは違う話になるんだね（笑）。

伊藤　イギリス人の前に、私は日本人の男と結婚して、家族でポーランドに住んでいたんですけど……。

谷川　うん、そうだったね。

伊藤　ポーランドにジュレックっていう、ポピュラーなスープがあるんです。なんとなく日本の味噌汁みたいな感じで。ライ麦パンを発酵させたタネをスープでのばして温めて、その上に固ゆで卵を乗っけてできあがり。

谷川　パンからスープになった。

伊藤　そうなんですよ。これもハマって、一時期毎日作ってました。ザワークラウトの汁を入れると味が決まるんです。それから私、一時期ビールにもハマっていたんですけど……『バベットの晩餐会』[※2]って、ご覧になりました？

谷川　はい。大好きな映画。

伊藤　ふふ、そんな気がしました。映画もそういうシーンあったかなあ、原作では、バベットがあの姉妹に雇われて、まず、ビールスープ作りを教わるんですよ。それからトルストイの『人は何で生きるか』にも、クワスに固くなったパンをくだき入れて食べるっていうのが出てきたし。クワスって紅茶キノコみたいな発酵飲料ですよ。あともうひとつ、『宝島』は読んでいらっしゃいます？

谷川　スティーブンソンの？　読んだと思うけど、大昔だからねえ。

伊藤　あれ、男の子の必読書でしたよね。あの中で、スパイスをぬったトーストを、エール（ビール）に入れて飲んでるんですよ。

谷川　そのパンも、きっと食べるんだろうね。

伊藤　どろどろしてますからね。飲むんだと思う。つまりね、全部つながってきたんです！　どれもがパンで、発酵食品で、おそらくビールってものは、スープにして、昔の人は食べてたんじゃないかって。歴史とか食文化とかいろんなところを考察して、ようやくこの仮説にたどり着きました。

谷川　ビールとパンをいっしょに食べるのって、オレも時々やるよ。

伊藤　えっ、ちょっと待ってください！（笑）。パンを入れてですか？　どうして思いつかれたの？

谷川　美味しいから。残ったパンが硬くなったのをそのまま食べるのも、そこにジャムぬって食べるのも、何かイヤじゃない。パンが少し硬くなったりすると、ビールを注いで。そうしょっちゅうじゃないけど、そういう風に食べるの、好きなんですよ。

伊藤　なんと……。この頃、本を読み返したり、資料を集めたり、ずっとこのビールスープについて考えてました。私としては、すっごくかけ離れた文学の中の食べ物と、土地土地の食べ物をつなぎ合わせて、何かわかったつもりになってたんですが……灯台下暗しでしたね。谷川さんに聞きゃよかった。でも、今度私もやってみます。

谷川　僕、パン粥っていうのも、わりと好きですね。パンをミルクに浸して、ちょっと温めて砂糖入れて食べることもします。日本人はあんまりパン粥って作らないかもしれないけど。

伊藤　そうでもないかも……。初心者の母親が一番最初に作る離乳食ってパン粥でしょう。だからおそらく、谷川さんのお母さまもそれを作っていらしたんじゃないですか。

谷川　本当？　じゃあオレも食べてたのかもしれないな。

伊藤　きっとそうですよ。パンの残りを牛乳と卵と砂糖の液に浸してオーブンで焼いたものはお好きですか？

谷川　もちろん。やっぱり子どもの頃に母が作ってましたよ。

伊藤　お母さま。すごすぎる。昭和というより一歩進んで、ハイカラ極まりないですね。うちのハロルド（連れ合い）は、ブレッドプディング、学校の給食で食べすぎたって言って嫌いだったんですけど、死ぬ前、入院してるときに食べたがってね。作って持って行きました。シェパーズパイも作って持っていきました。

谷川　うん、なるほど。最後は昔食べてたものに還っていくものなのかもしれないね。新宿あたりのイングリッシュパブで出てくるシェパーズパイ、結構おいしいですよね。

伊藤　ちゃんとしたやつ食べたことないんですよ。自分で作るのしか知らない。見よう見まねだし。谷川さん、世界中あちこち旅行されてますけど、たとえばフランスでは、

谷川　どんなものが美味しかったですか？

伊藤　それほど食べることにこだわってないからあんまり記憶にないね。でも堀内誠一[※3]と安野光雅[※4]と車でノルマンディを廻ったときに飲んだビスク、あれは印象に残ってるなあ。

谷川　すごいメンバーですね。ビスクって、しつこい、重たい感じのスープでしょ。

伊藤　たぶんエビを全部、殻ごと焼き上げて使ってたんだよ。クリームみたいなものは入ってなかったから、何ていうか、全部エビの味。いまだにそれを覚えてるから、日本でビスクを飲んでも、全然面白くないんだよね。

大事なことはすべてからだ

谷川　味覚や嗅覚は衰えたと仰いましたけど、からだの方はいかがですか。

伊藤　少し、足がふらつく感じはしますね。比呂美さんはいつも大きな荷物持ってあちこち動いて元気そうだけど、からだは鍛えてるの？

谷川　大きな犬がいますからね。毎日朝と夕方、犬と熊本の山を歩くんです。ちょっと前は修験道なんて言って、行く道がどんどん険しくなって、それこそ犬でさえ嫌がるような峻厳な山の中を駆け上ってたんですが、少し腰を痛めまして。

伊藤　ははは、運動もやり過ぎるんだ。

伊藤　そうなんです。それで今は林の中の道を歩き回る程度にしてます。お気に入りの木や草が、毎年決まった時期に花や実をつけていると、「おお、今年も会えたね！」みたいな感じで、すっごく可愛いの。谷川さんはたまにお散歩されるんですか？

谷川　そうですねえ……。運動やスポーツって、昔は全然関心がなかった。それが少しずつ、いつ頃からかなあ……。

伊藤　あそこにスポーツジムにあるようなバイクが置いてありますけど、毎日あれを漕いでいらっしゃる？

谷川　一応ね。

伊藤　ええっ！　うそー。毎日って、すごいじゃないですか！

谷川　うん。それが習慣になったら、やらない方が気持ち悪いんですよ。それと、八十歳になる手前で呼吸の先生と『呼吸の本』[※5]っていうのを出したんです。そのときに気功〝的〟な体操を習って、それも自己流で続けてますよ。

伊藤　すごいですね。体操やって、バイクも漕いでたら、もう十分ですよ。あの、座ってるだけでぐらんぐらん、前後左右に揺れる乗馬ロボみたいなのは……。

谷川　ハイ、買って、一時期やってましたよ。

伊藤　あら、本当に。今はやってらっしゃらないのは、どうして？

谷川　何か、あんまり意味がないような気がして。

伊藤　私、アレにただ乗っかってるだけじゃ飽きちゃうんで、映画見ながらやってみたんですよ。そしたらものすごく気持ちが悪くなっちゃって、それきりやめました。

谷川　そりゃそうなるよ。頭も振り回してるんだから。

伊藤　谷川さん、からだに向き合ってらっしゃいますね。

谷川　そうですね。だから「丹田《たんでん》」とか「腸腰筋《ちょうようきん》」とか、からだの部位のことばを覚えたのは、やっぱり気功からですよね。八十代に入ったあたりには意識して散歩もしてたけど、コロナ禍もあって、今はほとんどしていない。歩くのはもういいかな、と。

伊藤　ああ、丹田！　私は三十五歳のときに、男だとか家庭だとかがぐじゃぐじゃになって、生き方に迷って、最終的にからだに向き合ったんですよ。そしたらハマってハマって、いろいろなスポーツに手を出したんですけど。結局、どの先生たちも言うことは同じなんです。みんな「丹田に力を入れて」って。最初は馬場で乗る馬術、それからエアロビクス、合気道、タンゴもやりまして。

谷川　タンゴも丹田か、ダジャレじゃん（笑）。

伊藤　合気道は結局、娘たちにもやらせました。あとは弓道もやって、それからズンバ、これがハマった。日本に帰って親の介護をして、アメリカに戻ってズンバ。親のあとは、ハロルドの介護になって、合間にズンバ。インストラクターは英語だから、タンデンなんて言わないから、「ペルヴィス」、つまり骨盤の辺りを、なんて言うんです。でもそこをきちんと意識していたら、自分のからだに向き合うような気がしましたね。

谷川　それ全部、アメリカでやってたの？

伊藤　乗馬は熊本です。長い間習っていたら、先生がイギリス帰りの息子に代替わりしたんです。それで、「伊藤さん、それじゃ逸《そ》ってますよ」みたいなこと言うんですよ。先代の先生はあんまり褒めない老師みたいだったのが、若先生、今風にちゃんと説明してくれる。それで「もっとよく相手のことを考えて、先にいかせて」って。相手って、つまり私が跨《またが》ってる馬のことを話してるはずなのに、先生何のこと言ってるのかしら、セックスのことかしらと。私が今まで問題として抱えてきた、男との付き合い方の話をしてんじゃないのって（笑）。

谷川　ははははは。

伊藤　いやマジで。まあ要は、大事なことはすべてからだってことじゃないですか？　真理でしょう。

谷川　本当にそう思うね。

伊藤　からだのメンテナンス関係でよく外出なさいますか。

谷川　そうですね。僕はね、ほとんど毎週のようにマッサージに行ってますよ。八丁堀ま

伊藤　で、タクシーで。
谷川　え、遠くないですか？
伊藤　すごく遠いよ。だからタクシー代だけで大変。往復一時間半かかるし。
谷川　どうやってそこを見つけられたんです？
伊藤　詩人の覚和歌子さんが紹介してくれたの。その先生というのが、からだを触れば悪いところが一発で分かる。悪いところそのものじゃなくて、隣りとか裏側とかちょっと離れたところを揉んでもらうんだけど、これが痛い。ギャーッてひと騒ぎして帰ってくる。
谷川　うわあ、ギャーッて言うくらいなんですか。
伊藤　オレはなかなか素直に「ギャーッ」て叫べないんだけど、女の人なんかものすごい悲鳴上げてますよ。揉んでもらって、その場では別に何ともないんだよね。で、あくる日くらいに、何かちょっと調子がいいな、ってなるんだよ。痛みとかコリを取るっていうより、自分のからだについてガイドしてくれるって感じですね。彼独特の哲学みたいなものがあるんだね。
谷川　ありありと想像できます、その先生のすごさ。私も鍼の先生、ズンバの先生、先生たちのからだを見透す力のすごさにすっかり惚れ込んで通い詰めましたもん。
伊藤　うん、僕もその先生の話をずっと聴いていて思った。これも才能なんだって。たとえば彼が電車の中で乗客をながめていると、見るだけで、この人はからだが悪いとか、どうもよからぬ心根を抱いてて、イヤなやつだなとかって、一発で分かるらしい。

伊藤　へえ、すごい。そこに毎週通うようになってどのくらいですか？

谷川　三年くらいかな。要するに、惚れ込んだわけですよ、その先生に。

伊藤　タクシー代、片道一万円近くするかも、マッサージ代は一回おいくらですか？

谷川　言えない（笑）。でも他にそんなに遣うところもないし、いいでしょう、お金の遣い道としては。

伊藤　はい、素晴らしいと思う。からだに向き合うための経費ですもんね。

谷川　若いうちにやってこなかったからね。今になってみると、ちょっと遅かったなあと思ってるんです。からだのことを自覚するようになったのが。

伊藤　何か違ってきました？

谷川　別に変わってないと思うけど、でもよく見ればこんな詩、前には書いてなかったってことがあるかもしれない。

伊藤　この間お出しになった『虚空へ』[※6]なんて、すっごく身体的じゃないですか。

谷川　そう言われれば、確かに、影響が出たかもしれないね。

伊藤　老いて誰もいなくなった

気持ちの面で、「老い」を感じることってありますか？　谷川さん、六十代、七十代の頃とぜんぜん変わらない。その前は個人的にお話ししたことないもんで、そこから始まるんですけど、今だって何か言えば、ばんばん返される。記憶も、私なんかよりずっと鮮明。「老い」なんて感じないんじゃないですか。

谷川　何を言ってるんですか。とんでもない。日々、感じてますよ（笑）。

伊藤　そういうもんですかね。さっき歯のインプラントの話をうかがいましたけど、確かにそういうことひとつ取っても、サイボーグに近づきますよね。うちのハロルドがね、ずんずん人間からサイボーグになっていくのを見ていました。最初が大腿骨に人工の関節。

谷川　うん、足にくるんだよね、みんな。

伊藤　次は膝にも人工関節、それから心臓にペースメーカー、耳には補聴器。

谷川　たしか旦那さんってオレとあまり年が違わなかったでしょう。比呂美さんよりかなり年上の。

伊藤　そうです、だから私、五十代の終わりのときに、九十歳近い男の介護してました。実は私、子どものとき、『サイボーグ００９』（石ノ森章太郎）っていうマンガにハマってまして。主人公の009が私の初恋の人。でも現実には、009たちサイボーグを作ったギルモア博士がおじいさんで、まさにハロルドみたいな顔してて、そっちと一緒になっちゃいまして。それでサイボーグって、高齢者がなるものだったということも知りました。

谷川　（笑）

伊藤　谷川さんは九十代になんなんとしておられますけど、同世代では突出してお元気じゃないですか。瀬戸内寂聴先生もそうでしたけど、「長生きしたせいで友だちが誰もいなくなっちゃった、見送るばっかりだ」って仰ってました。

谷川　ああ、おんなじだ。寺山修司[※7]とか、大岡信[※8]とか、ずいぶん弔辞で詩を読んだもの。それだけを集めた『悼む詩』[※9]って本も出しましたよ。友だちがみんないなくなったっていうのは、つまんないですね。

伊藤　そうでしょうね。それ「寂聴症候群」だわ。

谷川　ああ、寂聴症候群っていうんだ。

伊藤　私の造語です（笑）。寂聴谷川症候群に名称を変えましょう。

谷川　いや変えなくてもいいよ。

伊藤　寂聴先生、亡くなった人たちのことをずっと書いておられました。もうほんとに、ずっと。こんなこと書くかなというような、悪口みたいなこともお書きになるのに、

谷川　読んだ後は懐かしいなあと感じる。谷川さん、今、やっぱり寂しいですか。

伊藤　僕は別に、たくさんの友だちに囲まれていたいってことはないんだよ。親しく話してた人がいなくなって、寂しいとか悲しいっていうのではないね。「つまんない」んですよ。

谷川　それ、すごくわかる気がします。だって今、谷川さんのところに集まって来る人たちって、私もそうかもしれないですけど、みんな谷川さんをすごく大切に、珍重して……。

伊藤　そんな、珍重って、パンダ並みだな（笑）。

谷川　でも絶対そんな状態になるじゃないですか。そうじゃなくて、タメ口きいて、「何言ってんだよ」とか、「オレが」「お前が」っていう付き合いができないっていうのは、想像ができないんですよ。もう、ひとりもいないいんですか、そういう人は？

伊藤　いませんね。

谷川　「つまんない」ってのは、そういうことなんですかね。

伊藤　何がつまんないって、同時代のことを話せる相手がいない。

谷川　なるほどねえ。あれですね、手塚治虫の『火の鳥』の未来編で、ひとりだけずっと生き続けて、周りはみんな死に絶えて、からだはおとろえても意識はハッキリ残り続けて、周りの生き物からは神さまと呼ばれてというキャラがいましたね。

谷川　うん、そんな話だったね。
伊藤　あの、谷川さんって頭がクリアで……クリア過ぎるじゃないですか。
谷川　そうでもないんだけどねえ。
伊藤　本当に？　普通、高齢者はだんだん〝脳の可動域〟が小さくなっていくんですよ。人の話を聞かないとかね、持論しか言わないとかね、何を聞かれても同じことしか答えないとかね。認知症っていうんじゃなくてですよ。
谷川　それはやっぱり、自戒してますよ。脳の可動域は、そんなに狭くなってないと思う。
伊藤　そうでしょう。谷川さんてね、世間的には、すでにほとんど神さまみたいな存在になっているのに、上から押しつけてくるようなイヤな感じが全然なくって、同世代の人と普通に話しているみたい。いつも感動します。

※1　二〇二一年　中央公論新社／二〇二四年　中公文庫
※2　一九八七年　ガブリエル・アクセル監督・脚本
※3　デザイナー・絵本作家　1932-1987
※4　画家・絵本作家　1926-2020
※5　加藤俊朗氏との共著、二〇一〇年　サンガ／新版　二〇二一年　フォレスト出版
※6　二〇二一年　新潮社
※7　劇作家・歌人　1935-1983

※8　詩人・評論家　1931-2017
※9　二〇一四年　東洋出版

第2章……生身で生きた文学史

軽井沢の夏の思い出

伊藤　谷川さん、こんにちは。今日は、どうして谷川さんみたいな「詩の神さま」ができたのかを探ろうとやってきました。

谷川　また言ってる。神さまじゃないよ（苦笑）。

伊藤　私、何年か前、軽井沢駅から歩いてすぐの美術館でハロルドの展覧会を開くっていうんで、行ったんですよ。新幹線で。

谷川　へぇ、ホント！　いつ頃、それ？

伊藤　ハロルドが死んだ次の年だから、四年前くらい。まだアメリカに住んでいて、あちらからいろいろ交渉しまして。で、現地は初めてだったんですけど。ああ、私が夢に描いていた軽井沢というところではないなあ、これは、と。

谷川　そうでしょう。ある時点から、全然昔の軽井沢ではなくなったんですよ。でも、表の大通りは大きく変わってても、少し奥へ入ると昔の別荘なんかがいっぱいあって、まだ静かなんですけどね。

伊藤　ああ、まだ面影が残ってるとこもありますか。でも駅を降りたら……。
谷川　ほんとにハチャハチャしたところになっちゃったんだよね。
伊藤　私の中では谷川さんといえば軽井沢、っていうイメージですから。そういう場所がそんな風になり果てて、お寂しいでしょ？
谷川　いや別に。だって、うちがあったのは北軽井沢ですから。我われは軽井沢と北軽井沢を区別していたのね。
伊藤　軽井沢って、長野県ですよね。
谷川　そう、それで北軽井沢は群馬県。県境を挟んでるの。下の軽井沢は金持ちの別荘地で、上のこちらは学者が集まった貧乏村って、野上弥生子[※1]さんが定義したんですよ。旦那さんの野上豊一郎[※2]さんとふたりで、最初にあのあたりに家を建てた。旦那さんが法政大学の総長で、大学の関係者が持っていた土地を、うちの父のような学者たちに開放して安く別荘を建てさせたのが、そもそものはじまり。
伊藤　日本近代文学館みたいな……。いやメタファですけど。お父さまも法政の総長になられたんですよね。谷川徹三[※3]さん。戦後の論調を支えた哲学者の。……すみません、ご本は私、読んでません。
谷川　うん、僕もそんなには読んでないから。定時制の高校を出て家でぶらぶらしてた頃からかなり長い間、法政に毎月、父の給料を受け取りに行ってたの。

伊藤　へえ。お給料って、そんなふうにして受け取るものだったんですね。それで、谷川さんは北軽井沢のお父さまの別荘に、子どもの頃から行ってらしたんですよね。

谷川　そうね。昭和十七年に行かれなくなったんですよ、戦争で。だから十歳くらいまでは、夏になるとそこで過ごしました。

伊藤　どうやって行ったんですか？

谷川　もちろん草軽《くさかる》電鉄ですよ。信越線で上野から軽井沢に行って、軽井沢から軽便鉄道の草軽電鉄。一時間半くらい、クネクネ曲がる線路を行くわけだからオレ、子どもの頃はげえげえ吐いちゃったりしてね。傾斜をおそろしくゆっくり電車が進んでいくから、乗客がみんな飛び降りて花なんか摘んでるの、沿線の。

伊藤　何て牧歌的な。そんなゆっくり走ってたんですか。

谷川　もうすごいんだ、登りだから。それで二度上げっていうのがあってさ、スイッチバックでのろのろ上がるの。それから、電車が駅に止まってるときに夕立が来て、雷が落ちたら電車が動いちゃうんですよ、雷の電気で（笑）。

伊藤　へえ。もう本格的に日本近代文学館。日本文学の名だたるシーンが脳裏を過ぎていきますよ。堀辰雄[※4]の『風立ちぬ』とかジブリの『風立ちぬ』とか。立原道造[※5]とか。長谷川伸[※6]の『沓掛時次郎』とか。それがあってあれがあって、碓氷《うすい》峠に落とした「母さん、僕のあの帽子、どうしたんでせうね？」（西条八十）にたどりつく――。

谷川　そういえば、ちょうど軽井沢高原文庫ってところで、北軽井沢周辺の児童文学の作家を特集した展覧会が始まるんですよ。ほら（と、手元にあったチラシを渡す）。

伊藤　へえ、「あさまのふもとの子どもの文学」[※7]。岸田衿子[※8]、谷川さん、野上弥生子、佐野洋子[※9]……。え、石井桃子[※10]さんも？

谷川　そう、軽井沢にいたんだよ。僕は晩年の彼女を訪ねたことあるもの。

伊藤　佐野さんも軽井沢の人？

谷川　いや、彼女は小さい頃は全然違うんだけど、僕と結婚してから北軽井沢に来て、夜にいろいろ書いていたから。

伊藤　へえ……。岸田衿子さんって、この方も谷川さんの奥さんじゃなかったですか？

谷川　そう。最初の奥さん。

伊藤　あら、じゃこの展覧会、奥さんばっかりじゃないですか。……石井桃子は？

谷川　ははは、年代が全然ちがう。僕より二十以上は年上だよ。

伊藤　石井桃子さんって、軽井沢で亡くなったんですか。

谷川　そうです。彼女が居た追分ってとこは堀辰雄のいた辺りの方が近いんですよ。軽井沢の中心部からすると西の方に行くの。うちは北だから、ちょっと方向が違う。

伊藤　私、若いときに堀辰雄ってめちゃくちゃ読んだんですけど、実はそういう生活のイメージができてませんでした。過ごしやすいところでしたか？　何なら北軽井沢に

谷川　住んじゃおうなんて気はまったくなかったんですか。
いや、あったんだよ。だから向こうで芝居や朗読会とか小さなコンサートができるような家も建てたんです。広い土間があるような家。ただ、建てはしたけど母が認知症になってそれどころじゃなくなって、移住計画はダメになったの。まあ、今みたいにメールやファックスなんかない時代だったから、仕事のことを考えると、軽井沢だけにいるのもそんなに現実的じゃなかったかもしれないけどね。結局その家は手放したけど、隣りに息子が家を建てたから、まだあの場所とはつながってますよ。

伊藤　戦争中はどうなさいました？　戦後に行ってみたら、ひどい状態になり果てていた……？

谷川　いや、管理してくれる人がいたから、廃屋にはならずに済みました。戦後はわりとすぐ、昭和二十一年頃には夏を過ごすようになったと思う。

伊藤　東京はまだまだ荒れ果てていた頃なんでしょうね。お父さまやお母さまもまた行かれてましたか。

谷川　戦後はあまり行ってないですね。我われ若者が行くようになっちゃったし。だいぶ後になって、僕が建てた家にもう七十歳を過ぎた父が来て、庭で桑の実を摘んじゃ食べるのを楽しみにしてましたね。

伊藤　桑の実！　いいですね！　ウチの庭にもある。毎年ジャム作りが楽しくて。お父さまも、楽しかったでしょうねえ。谷川さんは若い頃、野生の桑の実なんてまったく目に入らなかったわけでしょう。

谷川　もう全然興味がなかった。生身の女しか目に入らなかったから。

伊藤　うわー、すごいことばですね、クラクラします（笑）。でもその頃に、別荘をどういう風に使っていたのか、なんか想像できる。「太陽族」とか「若大将」とか、そんな感じですよね。親がいなくて、若い者たちが集まって、車で行くんでしょう？

谷川　一番最初はアメ車で、オレじゃなくてエッソの会社の社員が自分のアメ車を運転して連れてってくれたのね。その当時は軽井沢から北軽井沢に行く道が岩だらけのゴツゴツした道路でさ、時速五キロくらいしか出せないの。だからすごく時間がかかったんだけど、初めて自動車で行ったから、すごいワクワクしたのを覚えてるね。

伊藤　アメ車というのがたぶんガソリンいっぱい食うでっかい車で、あの当時のカクカクしたデザインで……。そこに俊太郎少年が乗っている。その北軽井沢で恋に落ちて、初めてのおつきあいを始めたのが、最初の奥さんなんでしょう？

谷川　そういうことになってますね。もう忘れちゃったけど（笑）。

文豪たちとの邂逅

伊藤 そもそも谷川さんは、高校を出て進学するでもなくお家にいて、「これからどうするんだ」ってお父さまに言われて、詩を書き溜めたノートをお見せした。それをお父さまが三好達治[※11]に見せて、そこから世に出て一世を風靡した。……書いたものを読んでおります。

谷川 はい（苦笑）。

伊藤 何かすごい、子煩悩……というんでもなく、子どもの才能を伸ばす教育……ともちょっと違う。要するに、息子のことをよーく見ている父親だったってことですね。

谷川 昔の人間ですからね、父は。今みたいに子育てに携わるなんてもちろんありませんよ。僕はすごい母親っ子だからベタベタだったし。子どもの相手をするような父親ではなかったけど、でも若い頃にはしょっちゅう、能と狂言には連れて行かれましたね。能狂言はよく観てるんですよ。僕が狂言をすごく好きになったのは、いっぱい実演を見たからだと思う。

伊藤 何よりの教育ですよ、詩人のためには。だから狂言の現代語訳をされてたんですね。九〇年代の講談社のシリーズ[※12]で。そういう素地がすでにできてた……。なんてうらやましい。私、親に連れてってもらったことなんかぜんぜんない。

谷川　でも、芝居にはあんまり連れていかれなかった。父は歌舞伎って能に比べたらちょっと馬鹿にしてたところがあったから、連れてってくれなかったな。

伊藤　おいくつぐらいのときから見てます？

谷川　能は高校生から何年かですね。狂言は小学生の頃から連れてってくれた。

伊藤　それもすごい。親がすごい。ちゃんと分かる歳になってから見せたんだ。

谷川　芝居については、オレ、文学座の俳優さんと結婚したじゃない？　だから文学座関係のものはちょっと観ました（笑）。

伊藤　おっと、そうでしたね。二番目の奥さんですね。芝居の演出をしたのがきっかけだったと……。

谷川　文学座で、オムニバス形式で五、六人が短い芝居を書いて、それが一晩の演目になる舞台[※13]があったの。そのとき、後で妻になる女優さんが好きだったから、その人のためにモノローグの脚本をオレが書いて……。オレと、他の三、四人と、あと三島由紀夫[※14]も別の芝居をひとつ書いていたの。だから彼とは生で会ってるんですよ。

伊藤　なんと、谷川さんと三島由紀夫、そんなに歳が違わないんですか？

谷川　彼が五つか六つ上じゃないかな。

伊藤　あらー、ほとんど同世代じゃないですか。私、三島が今、生きてたら百六十歳くらいかと思っちゃうんですけどね、寂聴先生の若いときのお話にも出てきてたし、高

谷川　橋睦郎《むつお》さんも親しくしてらしたそうだし。彼が自衛隊に乱入したとき、僕は浅丘ルリ子の映画の仕事をしてたんですよ。ルノー・ヴェルレーってフランスの俳優との恋愛映画で、オレが脚本を書くことになってて。その打ち合わせのときにあのニュースが入ってきたの。生身の彼を知ってたからね、ショックだったね。

伊藤　そりゃそうでしょうねえ。同時代の人が、あんなことをしたわけで。でも、三島と競作ですか。やっぱり生きている世界が違う。

谷川　今になるとなんか、文学史を生きてるみたいになっちゃってますよね。いやあ、オレ、結構長生きしてるんだよ（笑）。

伊藤　寂聴先生と話していても、三島とか志賀直哉[※15]とか、とんでもない人が普通に出てきてましたよ。

谷川　志賀直哉はうちの父が親しかったから、連れられて志賀さんの家に行って、志賀さんが「今日はキンメダイがあるだろう」って言ってるのを聞いてますよ（笑）。晩御飯の話。あの人もカッコよくてね、見てるだけで気持ちいいって人でしたね。

伊藤　うわあ。ナマ志賀直哉に会った人がここにも（笑）。じゃあ、森鷗外[※16]は？

谷川　それは少し、世代が違いますね。でも森鷗外の文章って一時、ホントに好きでしたね。比呂美さんは興味あるの、鷗外？

伊藤　はい、そりゃもう。だって私、世が世なら鷗外の妾の候補だって思ってて（笑）。

谷川　ああ、そうなんだ。ははあ、オレがベートーヴェンの助手候補だったのとおんなじだな。

伊藤　ははは、そっちの生き方の方がよかったかなと思っちゃうでしょう？　私、妾業務の中で一番やりたいのは鷗外の口述筆記なんですよ。そしたらホラ、盗めるでしょう、文章の技術が。

谷川　そうだよねえ。鷗外の口述筆記なら財産だよねえ。

伊藤　ね、やりたいでしょう？　だからホントは書生になりたいんですけど、妾の方が何かとアクセスしやすいと思って（笑）。

谷川　うちの母は父親の、徹三さんの口述筆記やってましたよ。風呂場で、風呂桶に浸かって、注文を受けた短いエッセイみたいなのを、その場で口述筆記させるわけ、母に。湯気ぼうぼうなのに。

伊藤　湯気の中で……。すごい。お母さまはどこにおられたんですか。

谷川　風呂場の入り口に腰掛けてた。で、ドイツ製の、当時まだ珍しいシャープペンシルがあって……オレが小学生とか中学生の頃にそれ見てるから、戦前からですよね。

伊藤　一九四〇年代ですね。

お父さまはお風呂の湯舟に浸かってるわけでしょ。それで、よどみなく文章が出てくるんですか。

谷川　結構、よどみなくやってたねえ。

伊藤　どんな内容だったんですか。

谷川　それは覚えてませんよ。でも彼は短文をよく書いていたから、その頃は注文に応じたエッセイみたいな、読みやすい、大して発見のない文章だったんじゃないかな。

伊藤　すごいお話ですよ。太宰治[※17]の奥さんも、太宰がお酒飲みながら話すのを口述筆記して、それがなんと「駆込み訴え」！　直しがほとんどなかったんですって。原稿を口で言って形にするって、昔の人はコンピュータ使わないかわりに、そういうことができたんじゃないかしら。

谷川　今、口述筆記ができたら怠けられそうでいいなと思うけど、できないと思うなあ、自分は。

伊藤　できませんか。でも口述筆記のできる父親に育てられた子どもって、やっぱり全然違うと思う。

谷川　いや、オレ、育てられていないと思いますよ。

伊藤　環境が違いますよ。そういう人がそばにいたわけで。

谷川　へへへ。でも「いる」っていうのは大事だって、河合隼雄[※18]さんに言われました。谷川徹三は確かに「いました」。それは確かですね。

伊藤　要するに、こういう環境で生まれ育って、こんな経験を積んできた子どもが大きくなって書く詩と、裏町の、裏通りの、ドブ板を渡ったところで生まれた子、私ですけど、そういう裏町育ちの子が大きくなって書く詩は、チガウンダナーって……。

谷川　そんな風に売り込むなってー（笑）。

伊藤　だって、シナモントーストとかロールキャベツなんかを、戦前の子ども時代から召し上がってたわけでしょ。戦後の子ども時代でも食べませんでしたよ。

“ドブ板育ち”のアイデンティティ

谷川　いや、そんな裏通りだのドブ板だのとか言ってもさ、比呂美さんだって東京で生まれて、ひとり娘で可愛がられてさ、ちゃんと大学まで出てるじゃない。

伊藤　成績が悪くってかろうじて入ったくちですけどね。大学ってとこに初めて行ってみたら、高校と比べてもっと、広々と開けた世界だったんですよ。

谷川　ええ、どうして？　だって東京育ちでしょう、あなた。

伊藤　東京っていっても極北部、川の向こうは埼玉県ってところで、私それまで池袋までしか行ったことがなくて。で、大学では何か、ことばが違ったんですよ、みんなが喋ってたことばが。何よりそこがカルチャーショックでしたねえ。

谷川　ホント？　日本語じゃなかった？

伊藤　なんかもっとすっきりした日本語。私なんて、当時でいう第四学区、つまり板橋区とか豊島区とか北区とか、あの辺の関東方言としての東京北部方言を、子どものときから、なんの疑いもなく、ずーっと喋ってたわけです。でも大学に行ったら、目黒区や世田谷区や杉並区といった、高級なところで生まれ育った子たちがいて。話し声のトーンが一段クリアで、標準語に近い感じで、話題がどことなく瀟洒で華やかで、とにかく全然会話が別物だったんです。

谷川　たまたま、何人かそういうのが周りに固まってたんじゃないの。

伊藤　いやいや、青学みんなそうだったとしか思えなかった。青学から外に出た後は、さらにキラ星のように文化的に育った人たちと知り合って。親が有名な作家だとか画家だとか大学の教授だとか。国木田独歩の孫とか安倍能成《よししげ》※19の孫とか。今はこうやってしゃべっていても、あっちは国木田独歩から出て、ああなって、私は裏町の裏通りのドブ板の……ってのがコンプレックスでしたよ。

谷川　それと独歩は関係ないと思うけど（笑）。

伊藤　「ど」で頭韻踏んでます。今でも安倍能成の孫とはすごく仲良し、孫だから仲良しなんじゃない、気が合うし、おもしろい人だからなんですけどね。

谷川　へえ、安倍能成はうちの父親が上野博物館、今は国立博物館になったけど、そこの次長をしてたときの館長だったんですよ。安倍さん、うちに来て、昼寝したりして

伊藤　たね。何か感じのいい人だなって、子ども心に印象に残ってるの。
伊藤　すごいっすね。そういうのですよ、コンプレックスだったのは。時代が違えば、谷川さんも私の友人も上流のお坊ちゃま、お姫さま、一方私は裏町の裏通りのドブ板の……。
谷川　なんでそこでまた出てくるの。そういうパターン、もう飽きたぞ（笑）。
伊藤　いやいや、それがね。私、最初はドブ板コンプレックスがあったんですけど。この歳になると、それがちっともコンプレックスじゃなくなって、これは非常に貴重なことなのではないかと思うに至って。ドブ板を渡ったところで生まれた子どもが文学をやるようになった。これはおもしろい、っていう物書きの業が頭をもたげてきまして。
谷川　伊藤比呂美の立身出世譚みたいなもの？（笑）
伊藤　いや、ドブ板文学の誕生。父と母の話を、何か書けないかなと。でね、聞いてください、『エルマーのぼうけん』[※20]の話ってしましたっけ？
谷川　いや、聞いてないかな。有名な子どもの本だよね。
伊藤　すっごく売れた児童書です。六〇年代に出たんですけど、私、この本を、日本で最初に読んだ子どもなんですよ。
谷川　本当？　へえ、なんで？

伊藤　父が印刷工場の職工だったんです。それである日、ゲラ持って帰ってきたの。
谷川　なるほどね。ちゃんとそれを娘に持ってきたんだ。
伊藤　面白そうだから読んでみる？　って言って、声に出して読んでくれたんですよ。
谷川　ゲラを？　いい父親じゃん！
伊藤　ね、いい親でしょう？　読んでくれて、私が「すごく面白い」って言ったら、本が出たときに買ってくれました。だから、このエピソードから始めて、父や母の物語を書いてみようかなと。そうすると、一方にこう絢爛豪華な育ちで、滔々とした日本文化の流れにたゆたい、子どもの頃から能狂言に連れてってもらって……ではなくて、ドブ板を、ってところに自分のアイデンティティが……（笑）。
谷川　僕は逆に、簡単に言えばドブ板に憧れている人だから。今でも。
伊藤　えっ？　やっぱりそういうものなんですか。
谷川　ウン。オレは自分の育ちがいいってことが、常にコンプレックスだったんですよ。
伊藤　何かむかつく、そういうの（笑）。
谷川　だって、子どものときからそんなこと考えてたんだもん。

書いて生き延びてきた

伊藤　まだ私がアイデンティティに迷っていた大学生だったとき、谷川さんに最初にお会いしてるんですよ。詩を書き始めて、書きまくってた時期で、もう雲上人にこの世で会えたみたいな。

谷川　何か、走り寄って来たような記憶があるんだけどね。それは別のときかな。

伊藤　……かもしれません。その後、だいぶ経って、私が詩人として初めて、谷川さんに向かい合ったときにはね、「何か傷ついてるな、この人は」っていう印象がありましたよ。

谷川　そう、なんで？　いつの頃。

伊藤　たぶん、佐野さんと離婚された頃だったと思います。

谷川　佐野さんと別れた頃は傷ついてますよ、そりゃあ。それがきっかけでオレ、焼酎飲み始めたんだもん。

伊藤　（声を潜めて）あのとき、谷川さんだいぶ苦しんでましたよ、外からみると。じゃあ、お酒で憂さを晴らすみたいなこと、なさってたんですか。

谷川　うん、早く寝ちゃいたいから。ただ、がぶ飲みしてもほとんど効果なかったけどね、オレあんまり酒に酔わない人だから。それまでだって、酒の味が好きで飲んでただけで、酔って正体を失くすみたいなことにはならなかった。

伊藤　そうなんですね。その頃の谷川さんを見ていて、たぶん自分の中で、この別れをどう考えていいのか、いろいろと模索していらっしゃるんだな、と思ってました。

谷川　この別れを……みたいな抽象性はなかったね。佐野洋子は何を考えてるんだろうっていうのが、興味の中心だった。

伊藤　そうですか。相手が何を、と。私は相手のことなんか考えられなかったですね。二番目の夫と別れるとき、最終的には自分がすごくボロボロになりましたよ。

谷川　二番目？　何回結婚したんだっけ（笑）。

伊藤　正式に結婚して離婚したのが二回。最後のハロルドとは、事実婚で、死別です。それでね、ポーランドに行ったのも子どもを作ったのもその二番目の夫。離婚した後も数年間同じ家に住んで家族やろうとして。それで却って何もかもぐちゃぐちゃになった感じです。

谷川　結構長い間、詩なんて書いてなかったものね。

伊藤　書きませんでしたね。まあそれは別の理由もあるかも。でも「エッセイ」といわれる仕事はやってました。講演にも呼ばれれば行ったし。朗読にも行ったし。ただ、詩は書けませんでしたね、何年も。谷川さんも、ありましたか、そういう時期。

谷川　ありましたよ。ミドルエイジ・クライシスってよく話すんだけど、五十歳前後の頃は、母が認知症になったり、妻がお酒を飲んで酔っ払うようになったりしてね。それは二番目の奥さんですけど、酔っ払われると全然話が通じなくなる感覚で、すごくイヤだった。

伊藤　私も酔っ払い、大ッ嫌いですよ。頭がクリアじゃない人といるのがもうイヤ。

谷川　そうだよね。だから今でも酔っ払いとは付き合わないね。

伊藤　私も。お酒飲むのはこんなに好きなのに、酔っ払いは大嫌い。その二番目の夫と作った家庭というもの、その前からハロルドのいるカリフォルニアと日本を行き来していて、そのうちに三番目の娘が生まれ、最終的には熊本の家庭を解散して、アメリカに娘たちと移りました。上のふたりにはしなくていい苦労をかけたなと思ってます。

谷川　ま、あなたの場合、それも書けるわけだから。

伊藤　確かに、娘たちにも「お母さんは、書いて生き延びてきたよね」って言われました。私は自分のからだの変化とか、夫にむかついた話だとか、とにかく自分が見たものだけを書いて、「書いたものは全部詩です」って広言してるんですが。

谷川　それでいいじゃない（笑）。

伊藤　いいですよね（笑）。私が詩の世界に入った七〇年代の頃、谷川さんはすさまじい仕事っぷりでしたよね。子どもの本、写真集、広告のコピー、あと作詞、脚本も。本は多方面に出されていたし。一冊一冊がすばらしかった。ある意味、平賀源内みたいな人だって言ってもいいかもしれない。

谷川　詩人だから詩しか書かないなんて言ってられなくて、若い頃から何でも引き受けたのが、結局はよかったと思うよ。いろんな方法やアプローチで自分の詩を書いていけばいい、みたいな意識が生まれたし。舞台とか映画とか、書くだけじゃないことも、まあ何でもやってましたね。

伊藤 私、学者が好きでして（笑）。結婚するのも好きだけど、本読むのも対談するのも好き。なんなら自分でも学者みたいな仕事に近づいていきたいとすら考える。でも学者や批評家ってわけではなくて、あくまでも詩人として。この仕事のやり方って七〇年代の谷川さんのお仕事からだいぶ影響うけてるような気がしますね。

オリンピックより市川崑

伊藤 谷川さんって言えば、一九六四年の最初の東京オリンピックですよ。ちょっと伺いたかったんですけど、今度（二〇二一年）の東京オリンピックに対しての感想は。

谷川 ひとことも言いたくない。

伊藤 はははは。私はこの、二度目の東京オリンピックに関しては、最初っから呪ってましたよ。谷川さんの「言いたくない」は、話す価値もないという……？

谷川 いや、僕は一九六四年に東京オリンピックの記録映画に関わっていたでしょう。[※21]だから今回はどう思いますかみたいな問い合わせが何件も来るわけですよ！　それにはもう一切、返事をしたくないんです。というのはね、六四年のオリンピック、僕はやっぱり好きだったんですね。

伊藤　好きだったんですか。

谷川　うん。市川崑[※22]っていう人を通して、好きだったんですね。スポーツに興味がなかったのが、あのとき初めて、〝競技〟みたいなものに目覚めたところはありますね。

伊藤　そもそもスポーツに興味がなかったのに、よくオリンピックの仕事を引き受けられましたねえ（笑）。

谷川　（苦笑）だって、あれは記録でしょう。映画に、つまり市川崑には興味があるわけだから。全然オリンピックとは関係なかったですよ。

伊藤　ああ、そうなんですね。じゃあ実際に競技場に行って、ご覧になりました？

谷川　もちろん。開会式の映像で、僕がビデオ撮影したのがワンカット、本編に入ってますよ。監督は「雑観」って言ってたけど、開会式の会場で、何でもいいから撮ってこいって放っておかれて、たまたま撮れたのを彼が使ってくれた。あとは、僕はカヌー競技の撮影を任されてたんだけど、専門のカメラマンと三日通って撮ったのが十五秒くらい使われた。記録映画って、そういうものなんですよ。

伊藤　へえ、じゃ、実際の競技なんかは。

谷川　競技はほとんど見てないねえ。あんまり関心がなくて。だいたい市川崑監督自身が百メートル走を「かけっこ」って言う人だから、オレもそういう発想で見てるわけ

伊藤　です（笑）。市川さんは人間のからだばっかり撮ってる人でね、それはやっぱりきれいだと思った。ミュンヘン・オリンピック（一九七二年）のときの映像なんか、棒高跳びがホントに美しいと思ったなぁ。

谷川　ミュンヘンも行かれたんでしたか。

伊藤　ミュンヘンも市川監督だったからね。あの人がまた「かけっこ撮りたい」っていうから、いっしょに行ったんですよ。

谷川　あのとき、テロ[※23]がありましたよね。

伊藤　そうそう。あのテロが起こった真っ最中に、僕たちちょうどいたんですよね、ミュンヘンに。

谷川　うっひゃー、映画で見ました。『ミュンヘン』っていうものすごく血腥《ちなまぐさ》い映画。あそこにいたんですか。現地は大騒ぎになりました？

伊藤　それがねえ、距離が離れてるってことはこんなに違うのかと実感しましたね。日本とか他の国にいたら、新聞やテレビで見るから「酷いテロが起こった」って逆に注目するんだけど、実際にミュンヘンにいたときは全然、ピンとこないんですよ。メディアの力っていうのはこうなんだ、っていうことが、よくわかった。

谷川　会場という会場が全部、厳戒態勢に入ったみたいな感じじゃないんですか。

伊藤　そうだったはずなんだよ。でもそういうのがピンとこないの。ホテルで待ってるだけみたいな感じでね。

伊藤　なるほど。八〇年代の戒厳令下のワルシャワなんかもそうでした。外から見ると一触即発だったのに、中に入ると、日常生活が続いていたという。日本じゃ大騒ぎだったでしょうね。おぼろげに覚えてますよ。谷川さんおいくつくらいのときですか。

谷川　一九七二年だから、四十歳くらいだね。

伊藤　それじゃ、仕事でも何でも、面白くってしょうがない時期ですよね。いや、年は関係ないか。きっといつでもそうなんでしょうけど。

谷川　僕はとにかくスポーツそのものには興味がない人だから。そのときは、ミュンヘンの空港の売店で、車に載せるカセットデッキを売ってるのを見つけて、狂喜したのを覚えてますね（笑）。その頃まだ、日本では出てなかったんだ、それ。ドライブしながら音楽聴くのが好きだったから、それを大喜びで買って帰って、自分で車に組み込んで、軽井沢あたりでドボルザークを聴くっていうのが、すごいうれしかったわけ。

伊藤　かっこいい。時代も感じる。また太陽族か若大将ですね。じゃあ、ミュンヘンまで行ったんだから、コンサートに行こうみたいなことは？

谷川　コンサートは行かなかったけど、インスブルックあたりまでドライブしたのはおぼえてるね。

あらゆる仕事の原動力

伊藤　谷川さん、詩の他にも、オリンピックのドキュメンタリーに、絵本にスヌーピーにマザー・グース。それからあの「鉄腕アトム」の主題歌も。これはもう、私の生きた、私の時代の、私の昭和の、私のテレビの、マイ・ソング。だいぶ経って詩を書き始めてから、谷川俊太郎作だと知りました。手塚治虫さんが谷川さんに直接電話を掛けてきたというのも有名な話です。

谷川　もう、何百回とインタビューされてるよ、それ。

伊藤　まとめられた年譜を読んでるんですよ（笑）。どんなお仕事でも基本は受ける。それがどれも、昭和史に残るような作品になる。このエネルギーはどこから来ていたのかなあと思うんですが。

谷川　その原動力は端的に言えば、全然収入の途がなかったってことです。定職を持ってなかったから。

伊藤　収入の途がないって。定収入がなかった、ということですか。詩人としては普通ですよ、それ。どうしてそれが原動力に？

谷川　だってお金が要るじゃない。妻子を食べさせていかなきゃならないからさ。もっと前の、ティーンエイジャーのときから、売れる詩を書かなきゃいけないって意識が

伊藤　僕にはずーっとあったの。定職に就かないで収入を得るためには、やっぱり人が喜んでくれるような詩を書かなきゃいけないと考えてましたね。だから、詩の雑誌や文芸誌だけしか書かない、なんてことはない。そもそも詩人には、カネの額で勝負できるような仕事ってそんなにないしさ、今も昔も（笑）。

谷川　ないですね。きっぱりと言い切れます。谷川さんクラスならあるかもしれないけど、それにしてもって話ですよね。

伊藤　谷川　だからさ、詩のほかにも来る注文は基本的に全部……大衆誌とか女性週刊誌とか、メーカーか何かのコマーシャル的なのまで全部、受けていたから。

伊藤　じゃあ、仕事を受けるときに「コレいくらだな」って考えることも……。

谷川　若い頃はありましたよ、もちろん。ギャラの交渉、ちゃんと決めてから仕事することもあったね。

伊藤　お金の交渉もご自分で。なかなかしませんよね。私も「いくらいただけますか」って、もらわにゃソンって仕事のときは、ハッキリ言いますよ。アメリカ育ちだし（笑）。「もっと上げてください」もときどき言えます。ただ、どんぶり勘定というか詰めが甘いというか、貰った貰ってないがノーチェックなんですよ。

谷川　要するにカネ勘定がだらしないだけの話だな。

伊藤　Exactly!（その通り!）っていうか、よーく自分を突き詰めてみると……私、算数が弱いんですよ。

谷川　あー、オレもそうなんだよ。

伊藤　えー、そう見えないのに。私は数字見ただけでお手上げです。税金も、ほんとにつらい。払うのはいいけど、考えるのが。年末になると、溜めてたレシートを、やってくれてる人にざああーっと送って、「あとはよろしく！」って（笑）。

谷川　お金のことを処理してくれる人が毎週とか毎月来るんじゃなくて、一年分まとめてドサッと渡すわけ？　それはちょっと、可哀想だよね。

伊藤　（小さな声で）それはわかってるんです。今年からちゃんとやります。谷川さん、毎週とか毎月とかやってらっしゃるんですね。すごいですね。私、従弟の妻にやってもらっていて、熊本のスイカとデコポンで支払っている。

谷川　はははは。

伊藤　谷川さんは、今こういう、あまりどこにも行かない生活になったでしょう。でもまだ生活費のために仕事を……。

谷川　もう今は生活費のためなんてそんな、生意気なことは言いませんよ。今は詩を書くのが楽しみになってるわけだから。

伊藤　楽しみですか。いつ頃から転換しました？

谷川　転換（笑）。一夜にして変わったようなことを言わないでよ。そうですねえ、気がついてみたら、一生懸命働かなくても結構貯金があるから大丈夫だな、みたいになったのは、やっぱり七十代かなあ？

伊藤　えっ、うそ。谷川さんが⁉

谷川　だからそれはつまり、私の不安感の現れなんですよ。たとえ貯金が何億とあっても、たぶん不安で書いちゃうんですよね。

伊藤　へえ、そんなもんですか。私はやっぱり早稲田大学に三年間教えに行ったでしょう。

谷川　あのときは年棒なの、月給？

伊藤　月給です。で、早稲田が終わってから、あ、これで暮らしていけるかも、と思いました。

谷川　毎月もらって、それが溜まったっていうこと？

伊藤　毎月一定の収入があるっていうのが、精神的にちょっと違いましたね。それから、大きいのが、日本に帰ってきたこと。あちこち出向く仕事なんかは増えます。その上、アメリカと日本を行き来する費用もかからなくなったし、コロナ禍になってからは熊本と東京の往復もガーッと減ったし。

谷川　日本に帰ってきたのは大きいんだね。

伊藤　ええ、向こうにいたときは大変でしたもん。

谷川　まあそうだろうねえ。税金の、税率とかなんかも違うしね。

伊藤　特に子どもたちがいた頃は、もうカツカツ。連れ合いのハロルドは自分の仕事が何よりも大事だし、谷川さんみたいに「何としてもオレが妻子を食べさせる」という発想は持ってなかったし。私、親が生きてた最後の頃は、毎月アメリカから帰ってきてましたからね。ぜんぶ私費ですからね。今はそれがなくなって、相当、楽になりました。そう、私ももう谷川さんと同じ、転換期に来てるかも。

谷川　そういえばオレ、この間、大学の広報誌が詩の特集をするっていうんで書いたんだけど、久々にちょっと原稿料の交渉はしたな。このご時世にあんまり安かったから。

伊藤　いくら、と聞きたいけど、聞かないでおきます。寂聴先生と対談したとき、先生も掌編小説ってすごい短いものの依頼が来て、その原稿料がとっても安かったんですって。「詩人の詩に支払う気持ちで、もっと上げてよ」ってお願いされたっていうんで、私、「それじゃ五千円になりますよ」って。

谷川　そうだよねえ（笑）。

伊藤　谷川さんはどんなときに仕事を引き受けるんですか。好きな媒体とかありますか。

谷川　詩を書いてください、って依頼が来たら書きますよ。だって今、オレ、詩が余っててさ、発表する場がないんですよ。

伊藤　ええー！　余ってるんですか！　すごいな、羨ましいわ、それは。

※1　小説家　1885-1985
※2　英文学者　1883-1950
※3　1895-1989
※4　小説家　1904-1953
※5　建築家・詩人　1914-1939
※6　劇作家・小説家　1884-1963
※7　二〇二一年七月～一〇月開催
※8　詩人・童話作家　1929-2011
※9　絵本作家・エッセイスト　1938-2010
※10　児童文学者　1907-2008
※11　詩人　1900-1964
※12　『能・狂言』（別役実・谷川俊太郎著　二〇一〇年　講談社　21世紀版少年少女古典文学館15）
※13　「大きな栗の木」脚本・演出谷川俊太郎　一九五五年六月二二日～二七日、文学座アトリエにて公演
※14　小説家・劇作家　1925-1970　一九七〇年一一月二五日に割腹自殺をした。
※15　小説家　1883-1971
※16　小説家・陸軍軍医　1862-1922
※17　小説家　1909-1948
※18　心理学者　1928-2007
※19　哲学者・政治家　1883-1966
※20　ルース・スタイルス・ガネット作　ルース・クリスマン・ガネット絵　わたなべしげお訳　一九六三年　福音館書店

※21　市川崑監督のオリンピック公式記録映画に、脚本で参加した。

※22　映画監督　1915-2008

※23　ミュンヘン・オリンピック開催中にパレスチナのゲリラ集団が選手村のイスラエル宿舎を襲撃し、人質となった十一人が犠牲になった。

第3章……子どもの頃のウソと傲慢の罪

家族ぐるみで隠した秘密

伊藤　谷川さん。私、ここのところずっと考えてたことがありまして。

谷川　考えてたって、詩の話？

伊藤　じゃなくて、つまり日常的なウソと、人生でついている大っきなウソ。そういうのは人格形成なんかに、どう影響を及ぼすのかという話なんですけど。

谷川　ウソなんて、誰でも細かいのはいっぱいついてるよね。

伊藤　え、そうなんですか。私の場合、とても世間には言えないウソを一個、ついてるんですけど。一個……いえ、二個かな。

谷川　よく考えたら四個だったりして（笑）。

伊藤　四個か五個なんですけどね（笑）。それはともかく、私の場合は日常的なウソは一切つかずに……ウソつくと挙動不審になるんで、基本的にダメなんですよ。でもね。ちっちゃいのじゃなくて、バーンと大きなヤツをついている、ついていた、と言うか……。私ね、いろいろと若いときに苦労したんですよ。精神的な、性格的なものでね。

谷川　うんうん。詩人になりたての頃って意味？

伊藤　もう少し前からかもしれない。で、あちこちでぶつかって苦しんだ、その理由は何だったのかって考えてたんですよ。私、真面目ないい子だったし、ひとりっ子で親は可愛がってくれたしね。お父さんなんかものすごく面白くって、ファザコン娘を標榜してましたから。なのになんで私、こんなにいろんな問題を抱えたのかなあって。それで、よーく考えたらね……ウソがひとつあったからかもしれないって、思い至りました。

谷川　一個のウソってこと？

伊藤　一個の大きなウソがあって、そこから枝葉を広げた木みたいに。

谷川　いつ頃からウソついてたの？

伊藤　それはですね、私自身じゃなくて、家族にあったんです。ウソと言うより、「隠す」っていう行為だった。「ウソ」と「隠す」って同じように後ろめたいと思うし、隠すっていう行為をみんなでしちゃってたんで。

谷川　家族中で隠しちゃったっていう意味？

伊藤　はい。それが何かっていうと、私の父が、全身に刺青入れてたんですよ。

谷川　へえ、本当！　写真、残ってないの？

伊藤　ないんですよ。父は絶対によその人に見せたくなかったのね。誰にも見せない、知られないって、父と母と私の、家族の絶対的な秘密、みたいに。

谷川　はっきり「誰にも言っちゃダメ」って言われてたの。

伊藤　言われてました。私が最後にそれを見たのが、父がお棺に入る前。納棺師さんにちょっと待ってもらって。刺青って、時間が経つと色が褪せるんですよ。しかも老いて死んだ人の、しわしわの死んだ皮膚の上で色褪せてるわけで。

谷川　それを見てるわけだ。

伊藤　見たんですけどね。今となっては絵柄が思い出せなくて。写真撮っときゃよかったんですけどね。死体の写真は撮る気にはなれなくて。父もいやだろうと思ったし。

谷川　子どものときは、お父さんといっしょにお風呂なんか入ってたわけか。

伊藤　入ってました。私は見たい放題見てよかったんです。

谷川　お父さんはどういう仕事の人だったの。ヤクザ？

伊藤　ヤクザ。私が物心ついたときは、あの例の、『エルマーのぼうけん』を刷ってた印刷屋で働いていました。すっカタギでした。父がなんでヤクザを辞めたのかなってずっと考えてたんですけど、どうも何かあったわけです。今、それを書いてるんですけどね。とにかく私が生まれる数年前にはカタギになってた。

谷川　組は……。

伊藤　抜けた。指も全部そろってましたよ。

谷川　あ、そうなんだ。

伊藤　まあともかく、そういう前歴が父にあって、それを家族ぐるみで隠したことが、大きな木みたいに、私の人生や心の上に影を広げて、私のものの考え方や人との距離の取り方や、いろんなところに歪みが出て……あちこちダメになったんじゃないかな、と。

谷川　ちょっとそれは、ダメだったことの言い訳じみてるんじゃないか（笑）。そんなことはないと思うけど。

伊藤　そう思ったら、自分がダメだったことの言い訳になっちゃうじゃないですか（笑）。こないだまで、いろんな悪いことしまくったのは女性ホルモンのせいにしてましたけどね。閉経してスッキリ、クリアになりましたから。

谷川　さっき比呂美さんが言ってた「大きなウソ」って、お父さんのこと？

伊藤　他にもあるんですけどね。いわば生存権のウソ。

谷川　それは書かないんだね。お父さんやお母さんの話は書けても。

伊藤　（口を覆って）他人が関わってなきゃ書けるんですよ。

谷川　オレも全然書けないこと、いくつかありますね。

伊藤　ありますか！　まったく、どこにも書いてらっしゃらない？

谷川　絶対書けない、それは。
伊藤　ご自分に関してのことですか。
谷川　昔、自分が関係したことに関してですよ。書けないのは、だって、人を巻き込むから。自分だけでは済まないもんねえ。
伊藤　そのとおりですよ。基本的に私、日常でも小さくウソつくのもできないです。根が正直なもんだから、顔がひきつっちゃいます。アメリカに住んでたときは日本からお金、現金で運ぶのがいちばん手っ取り早かったんですけど、もう、持ち込むたびにドキドキ。たいした額じゃない。百万以下ですよ。それでも。
谷川　オレ、一千万円、ボストンバッグに入れてアメリカに持って行ったことあるよ。
伊藤　ええっ、本当ですか？
谷川　いや、オレのカネじゃないよ、父親のカネ。
伊藤　それで、何をしに行かれたんですか？
谷川　何だったかな。たしか、アメリカにいる娘に祖父の、つまりうちの父親からのカネを渡す用事があったんだと思う。で、一千万円くらいのカネを封して束にして、バッグに入れて税関を通ったよ。
伊藤　へえ、で、通れました？
谷川　全然問題なかった。バッグを開けもしなかった。もう時効だから言うけど、オレは

伊藤　ね、ピストルも持って帰ったよ、アメリカから。

谷川　ノ、ノーチェックですか⁉

伊藤　完全ノーチェックだった。ピストルはエル・パソで買ったのね。自由に買えたから、当時は。それをトランクの一番下に入れておいて、悪知恵を働かして一番上にオモチャのピストルを置いといたの。

谷川　……それね、万が一見つかったらね、絶対に隠す意思があったんだろうって言われて、酷いことになりましたよ。そのピストル、まだお手元にありますか？

伊藤　処分しましたよ。もうとっくにないよ。とにかく、何十年も前の話だよ。オレまだ二十代くらいじゃなかったかな。

谷川　余計に危ないじゃないですか（笑）。

伊藤　とにかく、他の日本人仲間もみんな自由にピストルとか小銃とか持って行き来してたんだよ、その頃は。

谷川　うそー！　弾丸も？

伊藤　もちろん。まだハイジャックなんてほとんどなかったから、X線のチェックもないし。でも万一を考えて、オモチャのピストルをトランクの一番上に置いといて、それで、係員が開けるでしょ。「あっ！」て思うじゃない。手に取るとオモチャでしょ。「これは私の息子に買ったんです」って言うと、その他の荷物はもう見ないでおしまい。

伊藤　でもトランクを開けるまではするんですね。

谷川　もちろん。開けてましたよ。

伊藤　そういうとき、谷川さんって、しれっとウソつけるんですか？

谷川　もう全然、つけますね、ハイ。

伊藤　あらぁ……（数秒沈黙）。今、結構ショックだった、私。谷川さん、ウソつける人だったんですねえ。

谷川　だって、毎日のようにウソつくわけじゃない、大人になったら。いろんな細かいウソをついてるでしょう。

忘れられない初めてのウソ

伊藤　大人のウソって、たとえばどんなのですか。

谷川　たとえば仲良くしている女がいるとして、前に付き合っていた女のことは言わない、っていうのはどうなの？

伊藤　「いた」ことを言わない？　微妙ですよね。ウソってきっちり積極的につくでしょ。ウソついて相手を欺こうっていう意思がある。「言わない」のと「隠す」だと、言わないのは受動的な攻撃性というか。隠すのは、それよりもう一歩、攻撃的な、敢えて存在を知らせない意思というか……。

谷川　もっと具体的な話のほうがわかりやすいよ。オレ、子どものときのことで一番よく覚えてるのが、うちの隣りがどこかの社長さんの家で、テラスとか温室みたいなところがついてる、ちょっとブルジョワっぽい家だったんだけどね。そこの娘がオレより少し上の子で、ときどき庭伝いに遊びに来たんです。その当時は建て直す前の古い家で、なぜかふたりでピアノの上に乗って、壁をこすっちゃったんだね。今みたいに壁紙を貼ってなくて、壁は塗ってあるものだった。その壁土を落とすのが面白くって、どんどんやったわけ。

伊藤　いくつぐらいの頃ですか？

谷川　小学校一年か、もうちょっと下だったかもしれない。とにかくそれで、その子が帰っちゃいました。うちの母親が来ます。「どうしたの、これ？」って聞かれるよね。で、オレは「隣りのミドリちゃんがやったんだ」ってウソをついたのが、ものすごく記憶に残ってるわけ。

伊藤　で、叱られませんでした？　ミドリちゃんならしょうがないわ、と。

谷川　そう。大したことにならなかった。そのときにウソをついたのが……一番、明瞭なウソだったんだよね。

伊藤　なんでそれを覚えているんでしょうね。

谷川　やっぱり、ウソついたのが疚《やま》しかったんだろうね。
伊藤　良心の呵責というものが……。
谷川　あった。それまで、どんなことでもそんなにウソをついてなかったんだと思う。初めてウソを自覚したのが、そのときだったんだよ。
伊藤　そのとき、誰に対して悪いと思いました？　ミドリちゃん？
谷川　ミドリちゃんに対しては全然悪いと思わなかった。
伊藤　じゃ、お母さまに対して悪いと？
谷川　いや、母親にっていうよりも、ウソをついた事実にですよ。
伊藤　すごくいい子だったんですね。その頃、お母さまに叱られるっていうことはなかったんですか。
谷川　いや。同じくらいの頃だと思うけど、風邪をひいて母親にお医者さんに連れていかれたんです。小生意気な子どもだったから、診察室の薬の戸棚とか、メスの入ってる戸棚みたいなとこに行って、「これなあに？」とか看護婦さんに聞いたりしてたんです。そしたら家に帰って、母親にものすごく怒られたの、生意気だって。あんなこましゃくれたことをお医者さんに向かって言うのは絶対やめなさい、って。そのときにオレね、これからウソをつかなければいけないってことがわかったわけですよ。小一とか、小二とかで。

伊藤　ウソをつかなくちゃいけないっていう、その理由は？
谷川　大人がオレのことを承知してくれないんだから、大人が承知してくれるようなウソをつかなければいけない……。
伊藤　ってことは、じゃあウソをついてでも自分は自分のやりたいことをやる、と？
谷川　そうね。まあ、そこまで大げさなものじゃないよ。
伊藤　ミドリちゃんのときのウソとはどういうふうに関係してきますか。
谷川　どうかな。お医者さんのところで生意気なことを言ったから母に叱られただけで、そこはウソをついたんじゃないからさ。でも叱られたことで、自分の性格みたいなものに対する、何というか一種の後ろめたさみたいなものを感じたんですよ。
伊藤　生意気だっていう部分ですか。
谷川　そう。あのね、僕、大人になってから、キリスト教の七つの大罪っていうのを覚えたんですよ。その中に「傲慢の罪」っていうのがあるって知ったとき、自分が一番犯しやすいのはこれだ、傲慢の罪だって自覚したんですね。たしか二十代だったと思うけど。それで、ずっと前の子ども時代、母親に叱られて、自分の生まれつきの性質、生まれつきのものを隠さなきゃいけないと思ったことと繋がったんだね。生意気を隠す、っていうのは、やっぱり自分が傲慢であることを隠すってことですよ。傲慢であるっていうのは、要するに大人に対してホントのことを言わないってことと関連があったのね、僕の中では。

伊藤 それは生まれ育ちの問題なんかも関係がありますか？

谷川 そうだね。ほら、恵まれた家《うち》だったわけじゃない。それで、きょうだいもいないひとりっ子で、わりと大事に育てられたから、本当にお山の大将になりかねなかったんですよ。それを子どもの頃からある程度、自覚してたんですね。それで、叱られたのもあって、自分の生意気さは隠すべきだって、わりと人生の早い時期に覚えたのかもしれない。それが大人になってもずうっと続いていますね。

伊藤 ああ、わかる気がします。……なんて言うと「そうです、めっちゃ傲慢ですよ」って言ってるみたいで、わかっちゃいけないんでしょうけど（笑）。そうか、もしかしたら谷川さんの社会における、あるいはこの世界における立ち位置って、そこなんじゃないですか。

谷川 そうですね。社会に対しての立ち位置はそこですね。でも、宇宙に対しては少し違いますよ。

伊藤 どう違うんですか。

谷川 べつに、傲慢になる必要ってないでしょう、宇宙に対しては。だからオレ、ものを書き始めた頃に、たとえばちょっと褒められたりすると、常にへりくだろうとしてましたね。自分はそんなに偉い人じゃない、ものをよく知ってるなんてとんでもない、みたいなことを強調しがちでした。

伊藤　なんでそれが、傲慢につながるんですか。

谷川　だって自分で自分の才能を認めたりしたら、それはやっぱり傲慢じゃない？

伊藤　ああ、確かにそうですね。でも心の中では、認めていらっしゃるわけでしょ？

谷川　自分の値打ちを自分なりにはちゃんとわかっているんです。でも、人にはそれ以下に見られたいってところがある。今でも、それはありますよ。

伊藤　ありますか。じゃあ、今までのご発言……。

谷川　ご発言（笑）。

伊藤　……ご発言は、わかる気がする。傲慢が裏にあるそのご発言（笑）。

谷川　オレねえ、やっぱり自分の書いた詩を読んで、自分の傲慢さが潜んでいるのに気づくことはありますね。

伊藤　どういう傲慢さですか。何に対して？

谷川　世界の見方とか、人との関わりについての表現の中に、少し傲慢さが見え隠れすることはあると思う。あんまり気にしだすと詩が書けないし、気にしないようにはしてるけれども。

伊藤　そしてまた、読者がなんとなくその傲慢な部分についてくるっていうのも……。

谷川　あるかもしれないね。オレが「二十億光年の孤独」なんて言い出しても、みんなそれを面白がってくれたわけだから。だいたい、家族とかきょうだい、知り合いみたいなところでは全然孤独がなくてさ、宇宙に対しての孤独があるっていうのは、見方によってはすごい傲慢があるでしょ。「人間関係どうなってるんだよ、お前」みたいな。

伊藤　ありますよねえ。そういうふうに思うとね、批判してるわけでも、クサしてるわけでもなく、わりと時代時代の詩で、そうですよね。

谷川　そう？　じゃあそういう視点でまた批評してくれるといいなあ。

「傲慢」で読者とつながる？

伊藤　谷川さん、「歳を取って、詩がうまくなった」って仰ってたでしょう。

谷川　冗談ですけどね（笑）。

伊藤　いやいやいやいやいや。でも今、楽しいでしょ、生きていると。食うに困らない立場になったし。

谷川　ああ、それはいいですよね。おカネのことはもうそんなに気にしなくていいのは。孫とかひ孫とかいるから、何か遺そうと思えばまた大変なんだけど、そういう気があんまりないんだよね。

伊藤　要するに、これから、もう一軒家を建てるとか、ファーストクラスでどっかに行くとか。

谷川　（苦笑）……そんな、もうオレね、労力を使うことは極力したくないんですよ。歩くのも何かヨタヨタしてて、外へ出るのもおっくうだしね。自分が手足を動かして何かしなくちゃならないっていうのが、全部おっくうなの。

伊藤　私もエコノミーで外国行くなんて本当はいやなんですよ。やってますけど。でも谷川さん、その実、まだそこまでにはなっていないような気がする。やっぱりあれですか、外の世界で何が起こってるのか、確かめに行こうなんてなりませんか。

谷川　全然ないね。

伊藤　すぐ外に救急車が来て止まったら、物見高く見に行くとかは……。

谷川　そんな野次馬根性みたいなの、もとからないんだけどね（笑）。だってオレ、基本的に他人に興味がないんですよ、大もとの根本は。

伊藤　これだわ！　私、これが言いたかったの。谷川さんの「傲慢さ」。ここですよね。

谷川　そうかそうか、そうだね。元をたどれば、そうだと思う。あのね、前にもどこかで書いたんだけど、小学校のときに男の友だちが肩を組んでくるのがすごくいやだったんですね。だけど、「いやだ」とか「やめろよ」って言えなかったわけ。でも今思うと、もしやあれは一種の「傲慢」だったんじゃないかっていう気もするね。

伊藤　えっ、どうしてです？

谷川　だってさ、友だちとくんずほぐれつして、泥だらけになって遊ぶっていうのが小学生男子というものじゃないですか。自分はそんなのちっとも……。そういうことが生理的にいやだっていうのと同時に、お前らといっしょくたにしてほしくないっていうのが、あったと思う、たぶん。そのときは、そこまでは思ってなかったけどね。

伊藤　なるほど、なるほど。

谷川　だからオレ、学校教育が嫌いなのも、どうもそのせいなんですよね。みんなといっしょにしてほしくない、っていうのがあるんですよ。

伊藤　ものすごく傲慢ですものね。それって、ある意味。

谷川　傲慢ですよ。それを隠すのが結構大変だったんです。

伊藤　媚びなかったってことでしょう？　媚びるのなら、仲よくするフリをしたでしょうから。

谷川　そうだね。だからオレ、とにかく友だちが要らない人だから、そういう自分は傲慢なんだろうなと、早くからどこかで気がついていたと思う。

伊藤　でも、谷川さんが持ちあわせてる傲慢さ……その、友だちは要らないとか、他の人に興味がないとかっていう傲慢さですけど、実のところ、あらゆる人が大なり小なり持ってるんですよね。

谷川　それはそうだと思いますよ。

伊藤　私が言いたいのは、だから谷川さんの詩を読んだ人は「ああ、これだ」って思うんじゃないかと。

谷川　じゃあ、僕は読者と「傲慢」で気持ちがつながってるわけ？

伊藤　そうそう。でね、一般の人々に「誰の詩を読みますか」って聞くでしょ。そうしたら全員、「谷川俊太郎」しか、言わない。

谷川　それはちょっとオーバーじゃない？　金子みすゞとかって答えるんじゃないの？

伊藤　最初に言っときますけどね、金子みすゞはナイですよ。相田みつをも、ナイです。その上で、じゃあ、「詩人で誰を知ってますか？」って聞いたら、もう本当に、「谷川俊太郎」しか出てこない。「この日本で、詩だけで食べていける、ただひとりの詩人、イコール……」っていうフレーズを何回聞いたことか。

谷川　みんなそう言うんだよね。事実とはちょっと……まぁ、今現在はそう言ってもいいかもしれないけど。

伊藤　私、おとなの人たちに詩を教えてたときに、「どういうものを読みました」って聞くと、震災のときに谷川さんの「生きる」に感動したとか、子どもの教科書で「スイミー」が載ってました、とかって言うんですよね。言うってことは、それなりに覚えてるってことです。でも私が読むと、谷川さんの詩ってそんなにわかりやすくないんですよ。わかりやすくもなければ、なんなら取っつきやすくもないの。

谷川　（頷く）
伊藤　何でこんなにたくさんの人たちが、こんなに取っつけるのかわからなかった。でもおそらく、ホメオパシーみたいに、毒性をすごく薄めた傲慢さが、それぞれの人の中にちりばめられていて、でもみんなそのことを無視して生きてきた。だけど、この国民的な詩人が傲慢の塊であるっていうことを、無意識に……。
谷川　（頷くのをやめて）いつの間にか塊になってるよ。ホメオパシーと塊じゃ、ずい分違うじゃない、濃度が。
伊藤　ちがうちがう（笑）。ホメオパシーは谷川さんの読者の人それぞれの内側にあるんですよー。だけどもともとの毒性ね、毒グモみたいなのが……。
谷川　毒グモ！　だんだんひどくなってきたなあ（笑）。
伊藤　まあその毒グモが谷川さんだとしたら、毒を希釈して希釈して、砂糖を入れて絡めたのが、一般の人たち。それで、自分たちがずーっと考えてきたことが、谷川さんの詩に触れて「ああ、何か通じるモノがあるわ」ってなる、みたいな構図ですよ。ユング先生が仰ってます、そういうことを。ははは。
谷川　なんでまた急にユングが出てくるの（笑）。
伊藤　学生に教えてもらったんです。ユングがそういうことを言ってる、と。でも、傲慢さって何なんでしょうね。ご本人が仰ったので、それに乗っかってしゃべってみただけなんですけど。私、傲慢とは思ってなかったですよ。言われたら、そうかもと思うだけで。

谷川　ああ、本当。オレ、うんと昔に、『谷川俊太郎の33の質問』※1っていう本で、いろんな人に同じ質問をして、その答えをまとめて出したの。「アイウエオといろはの、どちらが好きですか？」とか「きらいな諺をひとつあげて下さい」とか、一対一で順番通り聞いていくんです。その中に「あなたが一番犯しやすそうな罪は？」っていう質問があって、オレは自分で答えるときに、「傲慢」って答えてるんだよ、終始ね。だから、この本の私のところを見れば、傲慢だっていう話はすでに公になってるよ（本を渡す）。

伊藤　本当だ、出てる。ああ、開口一番「傲慢の罪だ」って答えてますね。ははあ、谷川さん、ずーっと傲慢ですか？

谷川　そうですね。

伊藤　他人の気持ちに興味が向かないってことではなくて？

谷川　できるだけ穏やかに日々を過ごしたいっていうのがあるから、人の気持ちには結構、というかかなり忖度はしますよ。でも存在そのものに興味がないんだよね。

友達はいなくてもいい

伊藤　谷川さんにとって、他人はいなくてもいいですか？　死んじゃっても構わない？

谷川　親しい友だちが死んじゃったら、そりゃあやっぱり悲しんだりは……。

伊藤　そうなんですか？　じゃあ、これは何回も人から聞かれたと思いますけど、それなら離婚しても平気でしょ？

谷川　うん、平気。平気って言うと語弊があるけどね。他の人が考えるよりもきっと、私は平気なんだと思うし。平気になれるようなときに離婚しているのは確かですね。

伊藤　だけど、三度目の佐野さんのときは焼酎を飲み始めたって仰ってましたよ。私あの頃お会いしてますよね。苦しんでいる人だなあって思いました。あれは、他人に興味がない人の在り方じゃなかったですよね？

谷川　佐野洋子のことばによれば、「あんたは女がひとりいれば、友だちは要らない人だね」っていうのがオレ、すごく心に残っているわけ。いや、本当にその通りだと思って。

伊藤　その〝女〟は、ほかの〝他人〟とは別格だったんですね。女がひとりいれば友だちは要らない……。私の今までの男たちって、みんなそうでしたよ。ハロルドもそうだったし、前の夫も。私の父も同じ。

谷川　へえ、そう。友だちのいない男ってこと？　みんな口に出して言うの？
伊藤　いや、もう見ててわかる。
谷川　じゃあやっぱりそれは、比呂美さんがそういう男を選んじゃったんだね？
伊藤　好きなんですね、そういう男が。だからそんなにねえ、谷川さんは人格破綻者じゃないんですよ（笑）。
谷川　ハハハ、人格破綻はしてないよ。してると思わないけども。
伊藤　でも佐野さんに「女がひとりいれば……」って言われたら、「ああ、オレ、破綻してるんだ」って、思ったでしょう？
谷川　破綻とは、全然思わなかったよ。「オレはそういう男なんだ」ってだけ。
伊藤　そういう男なんですよね。そういうのって、私にはもうごくごく普通の男の在り方だった。むしろ、ホラ、よく男同士でどこかへ行ったりするでしょ？　飲みに行ったり、麻雀したり。私にはそれがすごく奇異に見えて、大丈夫かしらあの人たちの他人との付き合い方はって思ってたもの。
谷川　元ヤクザのお父さんもそうだったの？　友だちとどこかへ行くってことは……。
伊藤　まったく、まーったくなかったです。お酒も飲まなかった。で、母しかいない人だったけど、母って、人間としては私ほど面白くないから、私を育ててからは、父には私がいればいい、となるわけですよ。前の夫もそう。飲まないのも同じ。

谷川　そうか、じゃ、わりと似た者が集まってたんだね。

伊藤　谷川さんのまわりの男ってそうじゃないんですか。

谷川　そうじゃないね。オレみたいに、友だちはいなくていいって方が、絶対珍しいと思う。だいたい、ほら、詩人やアート関係の人って酒飲むじゃん。オレは飲んでも酔えない人だから、みんながやってるように酒で繋がるってのがなかったしね。

子どもは心配、孫は気がラク

伊藤　谷川さん、じゃあね、子どもはどうですか。子どもは他人じゃないですよね。

谷川　ああ、そうだ、このくらいの歳になったら、子どもとか孫の心配をしなくて済むっていうことが、楽しいね。

伊藤　心配しなくて済む、とは？

谷川　オレ、子どものことはすごく心配してたわけ。最初の子どもが生まれたときはね、すごく感動したんですよ。とにかく命を賭けてもこの子は守るって、すごく固い決意をしたのを覚えていますね。息子と娘を持って、男の子はどうやって食っていくのか、とか。女の子はわりと早めにアメリカ行っちゃったから、どうしてるかなあって。直系の子孫のことはすごく気にかかったの。

伊藤　息子と娘は違いました？

谷川　息子と娘っていうより、二番目の子のときは、最初の感動が薄れますね。

伊藤　ああ、確かに。でもからだに密着させて育てる側としては、二番目の子の方が最初の子より楽しかったですよ。経験を積んだしね。で、三番目はもっと楽しいんですよ。

谷川　なるほどね。

伊藤　産んですぐはやっぱり〝他者〟なのを、ずっと胸に抱えて密着してね。葛藤はいろいろありましたね。

谷川　オレ、子どもふたりは気にかけてたんだけど、それぞれが子どもを持って、まあ孫世代ですよ。娘に子どもが生まれたとき、自分は「お役御免」って思ったね。

伊藤　つまり娘が子どもを産んだら、もういいや、みたいな。今度は孫が心配、とはならなかった。

谷川　そうそう。孫になるとね、もう全然、オレ、責任ないよっていうふうになりますね。今、孫が四人いて、ひ孫もひとりいるんだけど、それはもう親である息子と娘に任せっきりって感じで、すごく気がラク。そういう意味で、家族から手が離れた感じがして、非常に楽しいんですよね。歳を取った消極的な楽しみ、とも言えますね。

伊藤　このへんはまったく同感ですね。私もそんな感じ。アメリカにいるっていうのもあるかもしれないけど、いろんな意味で遠ぉーいですねえ、孫。

谷川　何かあったら経済的な援助はもちろんするけれども、学校の心配なんかはしなくていいよね。自分は全然責任がない、親が責任を取ればいいっていうのは、ラクですね。

伊藤　楽ですねえ。「お孫さんが生まれるの、楽しみですねー」なんて言われて、はいって答えるけど、それほど楽しみでもないんですよね。

谷川　僕も全然それはないね。ただ、初めての孫が生まれたときは、結構いい詩が書けましたね。

伊藤　え、私、詩を書くなんて思いつきもしなかったわ。

谷川　そんなの、詩のネタにしない？

伊藤　しません。

谷川　すればいいじゃん、反響があるよ、結構。そういう詩って。

伊藤　ほんとに？　「孫詩《まごし》」ですか？

谷川　孫詩、っていうか、私詩《わたくしし》ね。あなた、公と私の境界がない人だからねえ。

伊藤　子どものことは名前使って「カノコ殺し」っていう詩を書いちゃったし。そんな孫詩書いたら、親に、カノコですけど、いやがられるし。私には孫って遠すぎて。子どもの子、っていう認識なんですよ。

谷川　オレもそうだけど、だから逆に詩に書けるわけですよ。ええとね、「あかんぼがい

伊藤　る」っていう題名の詩[※2]（一〇六ページ参照）。

伊藤　あ、これですね。うわー、タイトルからズバリですね。でもその「あかんぼがいる」というところから、すでに距離取ってますよね、あかんぼの存在から。見てるだけで触ってないし、ニオイも嗅いでない。でも巧い。最後の「そのちっちゃなおっぱいがふくらんで／まあるくなってぴちぴちになって／やがてゆっくりしぼむまで」。ありありと見えるし、時間の経過をじっくり感じ取れる、エロスもセックスも、ぜんぶ入ってます。

谷川　そうですか。

伊藤　従弟がね、孫と遊んで楽しいなんて言うんですよ。

谷川　うちの息子なんかも、メロメロだよ。

伊藤　女の友だちがね、孫ができたらもう自分の役目は終わったと思ったたって言ったの。役目を果たしたって。生が繋がったっていうか、ＤＮＡが繋がった、みたいな。その人、歴史学者なんですけど、歴史やってるとそういう考え方になるのかなあと。

谷川　役目を果たした？

伊藤　だそうですよ。その感慨って私はまーったくない。カノコの手前、可愛くないとは言いませんよ。会えたら相手はしますし。

谷川　（笑）

伊藤　だって、ねえ。カノコの子だもん。カノコが育てればいいわと思って。

谷川　うちの父親がまったく同じでね、孫じゃなくて子どもなんだけど、私が生まれたときからずっと、息子が小さいときはどう扱っていいか、全然わからなかった人なんですよ。だから話しかけることもロクにできなくて、ホントに自分の子どもだっていう自覚ができたのは、息子のオレが詩を書くようになってからだ、って言ってました。

伊藤　ほんとに？　二十年かかったんだ。すごい話ですね。

谷川　話が通じるようになったから、自分の子どもだって思うようになったらしくて。

伊藤　谷川さんご自身は、お子さんのことはすごく心配したって仰ってましたよね。でも、遊びました？　ちっちゃい子と。

谷川　それがやっぱりね、他の人に比べると遊んでないですね。

伊藤　やっぱりそうですか。だったら、子どもが面白くなってきたのは、子どもたちが、ちゃんとことばを弄するようになってから？

谷川　そういうのはあまりなかったね。とにかく、対等に話ができるようになってからかな。

伊藤　なんだ、お父さまとあんまり違わないじゃないですか。

谷川　息子の方は、彼が中学生くらいになってからだね。彼がピアノをやるようになったら、もっと話ができるようになって。娘は十五歳くらいでアメリカに留学して、遠くに行っちゃったから、帰って来たときには話をするようになったし。

伊藤　そういえば、このあいだ私ね、末の娘に、ショックなこと言われたの。「お母さんは子どもと遊ぶのがawkward、weird（すごく下手くそでヘン）だった」って。どうして？　って思った。だってアメリカの家じゃ、子どもたちが友だち連れてきて、いっつも子どもだらけで。そのたびにおやつだご飯だって、世話してたんですよ。そしたら「お母さんは子どもに向き合わないから」って娘が言うんですよ。へっ⁉ってなりましたね。実はそうなんですよ。自分でもわかってたの。

谷川　なに、図星だったのね、指摘が。

伊藤　私、家に子どもがいっぱいいてもうるさいと思わないんですけど、子どもたちと向かい合って遊ぶとか、ひとりひとりと話し込むとかって、極力しなかったの。実は、自分の子どももある程度大きくなって向かい合えるまでは——あんまり、遊ばないのよね。

谷川　抱くとかあやすとか、可愛がりもしなかったの？　そんなことないよね。あなた、人前で赤ん坊にお乳あげてた人だから。

伊藤　朗読会でですよね（笑）。面白かったからやってたんですよ。子どもじゃなくて、まわりの反応がね。やるべきだと思ったしね。娘に言われたことでショックだったのは、心外だっていうんじゃなくって、見破られてたかーって。つまり、私の、不器用な子どもへの向き合い方とか、おっかなびっくり距離を取るところなんかをね。子どもたちがこっちに向かい合ってくれれば「聞くよ」ってんで、いくらでも付き合う。けど、それはもう娘たちが大人になってからのことですもんね。

谷川　それじゃ、うちの父親と大差ないじゃない、比呂美さんだって。

伊藤　だって、冷静に考えてみたら、三歳四歳五歳の子どもと、対等に遊べますか？　一体どうやって？

谷川　じゃあさ、親に対してはどうだった？　子どもの立場だったとき、話ができたの。

伊藤　うーん、それがよく覚えてないんですよ。父は私に向かい合ってくれたけど。

谷川　親に相談したことってある？　どんなことを。

伊藤　んー、男の話。

谷川　え、親に？　おとうさんに？

伊藤　ふふ、しました。あと、詩の話。親と言っても、父親だけですよ。私、母親のことはね、率直に言うと歯牙にも掛けてなかったですね。

谷川　へえ、どうして。

伊藤　母親と話してても、この人は理解しない人だなあって思ってたの。むろん、日本語は使ってるんだけど、それだけ。話しても面白いことはなかったですね。まあそのうち、理解しないんじゃなくてできないんだってわかったからいいんですけどね。……それにしても、谷川さんと話してると、どんどん、ああ、実は自分って谷川さん的な人間だったんだなーっていう感じになるのは、どうしてなんだろう……。ごますってるわけじゃないんです。こうして向かい合って話しているうちに影響されちゃって、同化しちゃうのかしら。

谷川　我われは、共通の部分がやっぱりあるんじゃないの？　たぶんだけど、ひとりっ子だったり、詩を書いてたりとかさ。

伊藤　今、ずっと仰ってる「他人のことはどうでもいい」って話ね、私はしませんよ。そこまで傲慢なことは言いません。私にはいますよ、大切な他人が数人はいます。ただね、どうでもいい、っていうのはあるんですよ。

谷川　友だちはいる。けど、どうでもいいの？

伊藤　性的に向き合える人がひとりいれば後はなんでもいい、みたいなところもあるんですよ。で、私が大切に思ってきた男たちのほうも、みんなそうなわけで。子どもに接するときの不器用な、下手くそなところ、awkward性みたいなものもあるしね。何か、どんどん谷川化っていうか、そうなっていきますね。イヤだわあ（笑）。

谷川　みんなが自覚していないことを、我われは自覚しちゃってるっていうのもあるかもしれないね。

伊藤　ね。みんな自覚してないけど、持っているんですよ。たぶん。きっと。みんな谷川さんに向かい合うと谷川化していくし、谷川さんの詩を読むと、他人のことなんか興味ねえって思う傲慢な自分をみつけ出すのかもしれませんねえ。

※１　一九七五年　出帆社／一九八六年　ちくま文庫
※２　一九九二年元旦「朝日新聞」掲載

あかんぼがいる

谷川俊太郎

いつもの新年とどこかちがうと思ったら
今年はあかんぼがいる

あかんぼがあくびする
びっくりする
あかんぼがしゃっくりする
ほとほと感心する

あかんぼは私の子の子だから
よく考えてみると孫である
つまり私は祖父というものである
祖父というものは
もっと立派なものかと思っていたが

そうではないと分かった

あかんぼがあらぬ方を見て眉をしかめる
へどもどする
何か落ち度があったのではないか
私に限らずおとなの世界は落ち度だらけである

ときどきあかんぼが笑ってくれると
安心する
ようし見てろ
おれだって立派なよぼよぼじいさんになってみせるぞ

あかんぼよ
お前さんは何になるのか
妖女になるのか貞女になるのか

それとも烈女になるのか天女になるのか
どれも今ははやらない

だがお前さんもいつかはばあさんになる
それは信じられぬほどすばらしいこと

うそだと思ったら
ずうっと生きてってごらん
うろたえたり居直ったり
げらげら笑ったりめそめそ泣いたり
ぼんやりしたりしゃかりきになったり

そのちっちゃなおっぱいがふくらんで
まあるくなってぴちぴちになって
やがてゆっくりしぼむまで

第4章……詩とことば（I）

——五感でとらえ、体内音楽に従う

詩はいくらでも書けるけれど

伊藤　そろそろ真面目に、詩の話をしなくちゃと思ってやってきました。せっかく「詩の神さま」と向き合っているわけですし。

谷川　神さまじゃないってば（苦笑）。比呂美さんが今書いてるのは主に何？　詩か、それともエッセイ……。

伊藤　詩であり、エッセイであり、小説であり、翻訳であり、評論であるもの。何て呼んでいいかわからないし、わかる気もないもの。

谷川　散文でいいんじゃない？

伊藤　えー、それじゃつまらないし、売れないし。あ、でも、こないだ本をまとめているとき、『散文』というタイトルを考えたんですよ、そしたら谷川さんが、もうそのタイトルで出してらっしゃいました。それで『道行きや』にしました。エッセイにするつもりだったことを詩に書く、みたいな、詩じゃないところから詩に向かうっていうのは、やりたいことのひとつですね。それについて、じっくりと大先生にお話を伺いたい（笑）。

谷川　あのね、この間文芸誌から、十枚書いてくださいって言われたのね。原稿用紙に十枚、四千字ってオレにとってはもう、大長編なんです。それで、「どうして書けないか」をつらつら書きましたから。つまり、散文って何を書いていいのかわからなかったんです、小学校の頃から。

伊藤　えっ、そうなんですか。そんな昔っから？

谷川　時代が戦争中だから、戦地の兵隊さんに慰問文を書きましょう、なんていう宿題が出たりするわけ。で、何を書いていいのかわからないから、母親に相談したら、「自分のこと書けばいいじゃない」って言われたわけです。自分のことって言われても、難しいよね。朝起きて、顔を洗って、ご飯食べて……くらいしか思いつかないの、自分ってものが。それが始まりで、そこからもうトラウマなんですよ、散文を書くのが。

伊藤　すごいですね、慰問文がトラウマ。そのときは何を書いたんですか。

谷川　おぼえてない。その頃、模型飛行機なんかを作ってたから、そういうこと書いたんじゃない？　それより問題は、一体この兵隊さんは、北の戦地にいるのか、南の戦地にいるのか、ってところなんですよ。南だったら「そっちはお暑いでしょう」って書く。北だったら「そっちは寒いでしょう、たいへんでしょう」になるんだけどさ、どっちかわからないの、行き先がわからないから。

伊藤　学校の先生に、まずそういうあいさつから書きなさいって言われたんですか。

谷川　ううん、何も言われない。それで母親に相談したら、「それは書かなくていい」って言うんですよ。

伊藤　すごくいいアドバイスですよ。「自分のことを書きなさい」っていうのも。私もしましたもん、小学生の娘に。谷川さんは小学校何年くらいのとき？

谷川　そうね、小学校の三、四年生くらいの話だね。オレはそれ以来、散文は書きたくないの。何を書いていいか、全然わからないから。

伊藤　詩はいいんですか。

谷川　詩は、いっくらでも書ける。

伊藤　なんで⁉　私はその反対ですよ。

谷川　だから、オレにとっての詩と散文の違いは、ただ単に書けるか書けないかってとこにあるんですよ。

伊藤　え、でも、散文みたいな詩を書くこともあるでしょう？

谷川　もちろん。それは詩だから書けますよ。

伊藤　どう違うんですか。

谷川　とにかくね、簡単に言うと書くことがない人なんですよ。比呂美さんはあるでしょう？　家族関係とか、犬の話だとか。若い頃はもっと違ういろんなことがさ。オレはそういうの、自分がどう行動して何を感じてなんて全部忘れてるし、どう書いていいかわかんないんです、自分のことを。小学生に戻って、朝起きました、ご飯を食べましたってなっちゃう。だから文体が決まらないんですよ。あなたみたいな「日々の文体」で書いてみようかと思ったけどねえ、書けなかったよ。

伊藤　それ、なぜですか。自分のことを書かないって。

谷川　書けない。要するに自分とか、他人とか、人間というものに興味がないんだね、基本的に。頭で考えたり反省したり、他人に近づいていったりって行動はとるんだけど、自分に関して書くってことはあんまり、ないわけ。

伊藤　私は詩って、自分のことを、書くことだって……。

谷川　全然ちがう、ちがいます。だって、僕の「何ひとつ書く事はない」って始めた詩（「鳥羽 1」）があるじゃん（笑）。

伊藤　はい。あのすごく有名な、詩人なら誰でも知ってて、すごく身に沁みこんだ経験のある詩。何度、口をついて出てきたかわかりません、「何ひとつ書く事はない」って。

谷川　あれなんですよ。何ひとつ、何にも書くことがなくても、詩は書き始められる。それが散文との大きな違いなんですよ、私にとっては。

伊藤　「何ひとつ書く事はない」って詩の上の虚構としての言葉かと思ってました。でも、散文もそうじゃないんですか。何ひとつ書くことないけど、今ここにいて、谷川さんのお宅の居間を見回すと……って、書けませんか。「いま瞩目の」って、正津勉《しょうづべん》さんとの『対詩』※1の中の、えーと、十八番目の詩の冒頭にありましたよね。俳句で、目の前にあることを詠むっていうことなんですけど。あの詩集で、この言葉を知りまして、きゃーかっこいいと思ったのと同時に、詩の真実だと思った。

谷川　だってさぁ、目の前のことって、今お茶を飲んでますとか、お菓子を食べましたってだけしか書けないよ（笑）。

想像力があれば物語は不要

伊藤　じゃあ、たとえば、目の前に動物がいたらどうですか。

谷川　動物は好きですよ。人間よりめんどうくさくないから。

伊藤　でも実物を飼ったりはしません？

谷川　飼うのはいやなんだ、めんどうくさいから（笑）。

伊藤　前に、私が野犬の仔犬を動物愛護センターから引き取ってきた話をしましたよね。あのとき、そこにまだ何匹か犬がいたんです。あの子たちはみんな殺処分になったかもしれない。だけど私が全部連れて帰れば飼育崩壊だ。そんなことをずーっと考えていて、これを散文で書けないかな、とは思ってました。

谷川　そういう詩は書かないの？

伊藤　詩に書かないとダメなんですかね。今、言われて初めて気がつきましたよ。なんで詩にしたいとは思わないんだろう。

谷川　やっぱり詩ってさ、散文より絶対、浮わついてるんじゃない？　だっていくらでもウソがつけるんだもん、詩は。

伊藤　そうですかね。

谷川　詩の場合はホントに、想像力があればどうにでもできちゃうから。逆にさ、すごくリアルにちびの野犬とか、動物の命について感じ取っていることは、ちょっと詩にはならない気がするな。

伊藤　だけどね、私、このところ真面目に考えていたんですけど、私は、散文の、フィクションが……書けない。

谷川　詩にはフィクションは入ってないわけ？

伊藤　詩のフィクションは書けます。じっくり、よーっく見て、それを過剰に描写したら、それってフィクションじゃんって思う。そしたら私だって書けるかなって。だからウチに来た犬のことも、じーっと見てるでしょう。

谷川　そしたら原稿にはなるね。

伊藤　ね、なるんですよ、ホントに。で、犬が来て、猫が来て、犬と猫がこうからみあってるのがあんまり面白くて、ただ椅子に座って見てるんです。でね、はっと気がついてね、これ谷川さんじゃんって……。

谷川　ええ？　何でオレが出てくるの、そこで。

伊藤　以前、何もしないでただ庭を眺めていられるって仰ってたから、ついに私もその境地に来たかと思って。

谷川　ああ、でも僕は動物を写真で眺めるのがすごく好きですね。

伊藤　写真ですかあ。でもね、動物の面白さって、こっちから関わっていくとパッと反応して動いてくるところでしょ。写真だと動かないじゃないですか。

谷川　オレはほら、「場面の人」なんですよ、「物語の人」じゃなくて。詩を書いていてもストーリー的にならないで、場面、場面で写真みたいになっちゃう。

伊藤　なんと！　それ、前からご自分で思ってらっしゃいました？

谷川　いつ頃からかな。いろんな人が出てくる『普通の人々[※2]』っていう詩集を作ってるときに、他人がいっぱい出てくるんだけど、それが全部場面なんです。誰それが、何々をした、っていう。ひとつもストーリーになってないの。まぁ、意図的なんだけどね。

伊藤　なるほど。たしかに。場面っていうのはあるストーリーの一場面でしょう。

谷川　それは読者が想像すればいいの、自由に。僕が作らなくていい。写真だってそうでしょ。場面が並んでるだけで、その間は見る側が埋めていく。

伊藤　場面なんですね。うん……ストーリーは私たちの分野ではいらないですね。なぜ、場面に興味があるんですか。

谷川　物語にする発想がないの。昔、ヒッピーなんかが言ってた「いま、ここ（Here and Now）」、あの標語の人なんですよ、僕は。過去と未来は一応あるんだけど、過去は忘れっぽいから忘れちゃうし、未来はわりとどうでもいいんですよ。

伊藤　詩人ってみんなそうなんでは。

谷川　そうじゃない人も結構いるんじゃない？　現代詩の人は、わりとみんなちゃんとストーリー的な発想をするじゃない。それはお話を作るってことじゃなくて、3・11のことをずっと書いてる、みたいにストーリーで考える、ということ。

伊藤　ああ！　私が小説を書こうと思って書けなかったのは、まさにそこなんです。

谷川　たぶんそうでしょう。僕は散文が書けないの、やっぱりそのせいだもんね。

伊藤　ストーリーって、時間の流れがないとだめですよね。誰それが昔これこれをした、それから今はこうなってああでこうで。

谷川　外見なんかも、わりと細部を書かなきゃいけないんだよね、散文って。

伊藤　そうそう。それを納得させるように書かなくちゃいけないんですよ。ある人がいて、どうやって生きてるのかっていう、生活手段とか、税金申告とか書かなきゃいけない。

谷川　三好達治はね、「女の長襦袢がどうとか書けるか」って言ってましたね。

伊藤　ははは。つまり、小説家の小説は、それを書いてないと認められない。

谷川　そう。彼も小説は苦手で、それから詩の方が偉いと思ってたの。それがすごく印象に残ってます。

伊藤　なるほど。だから、「太郎を眠らせ、太郎の屋根に雪ふりつむ。／次郎を眠らせ、次郎の屋根に雪ふりつむ。」[※3]って、これもう、太郎って誰だこれ、親はどこいった、みたいなことは一切関係ない（笑）。

谷川　そういうことだね。

伊藤　そしたら谷川さんの、私が何回もいろんなとこで話してる『わたし』[※4]っていう絵本ね、あれもやっぱり場面ですよね。

谷川　はい。僕やっぱり絵本の仕事ができるのは、それだと思いますね。

伊藤　なるほど。しかしですよ、あの絵本は「おとこのこから　みると／おんなのこ」「おかあさんから　みると／むすめの　みちこ」「うちゅうじんから　みると／ちきゅうじん」って、場面場面では正しくって、全部をぴーっとつなげると、〃みちこ〃っていう全体像が見えてくる。

谷川　だから、空間的には書けるんですよ。時間的に書けない。

伊藤　ですね。あー、何か鬼の首を獲ったような気がした。

谷川　三次元まではいいけど、四次元になると行き詰まるってわけ、我われは。

ことばを見て、感じる体内音楽

伊藤　ちょうどお聞きしたかったことがありまして。いま法政の大学院で一コマだけ教えているんですが、このあいだ学生たちが話し合いをしていたんです。みんな詩や小説を書いていて、院生だから、よく頭を使ってものを考える子たちなんですよ。でね、詩を書いていない子が言い出したんです。「詩ってなんで改行するのか」って。そしたら、書いてる子たちが考えるうちに、ひとりが「谷川俊太郎が改行したからじゃないですか」って。

谷川　ええ！　なんで、ひどいじゃん（笑）。

伊藤　でも、何か納得しましたよ、私。あの子たち的にはそうなんだろうって。みんなも、それで納得したんですよ。

谷川　え、オレが書いた散文のことを言ってるんじゃないんでしょう？　詩の話してるの？　改行じゃないでしょう。

伊藤　詩ですよ。改行してあるじゃないですか。

谷川　あれは改行とは言わないよ、オレは。
伊藤　じゃ、何て言うんですか？　「行あけ」？
谷川　まぁ、行あけとは言うね。
伊藤　行あけの話です。いつ行あけをするのかとか、なぜそれをするのかっていう……。
谷川　それはもう、完全に体内音楽ですね。ことばを見て、そこで感じる体内音楽で、変えてます。
伊藤　体内音楽ですか。
谷川　それから、視覚的なものもあります。一行があまりにも長いのは好きじゃないから、「できれば三十五字に揃えよう」とかね。でも揃い過ぎてもつまらないからデコボコをつけて、というふうに試行錯誤はしてます。
伊藤　谷川さん、前にお話ししたとき、「詩とは詩情《ポエジー》であって、一番詩情を感じるものは音楽」だと仰ってましたね。
谷川　そうだね。音楽とか自然とか、ことばが含まれていないものに詩情を感じて、それを一生懸命ことばにしようと頑張ってるけど、なかなか難しい。
伊藤　つまり、五感でとらえたものをことばにするのが、谷川さんにとって詩を書くということですか？
谷川　まあ、分析してみればそうですね。

伊藤　私調べでは、谷川さんの詩には「ことば」と「音楽」って単語がよく出てくるんです。どうしてなんでしょう？

谷川　音楽は、好きだから。ことばは、好きじゃないからですね。でも、ことばと音楽、両方とも古女房みたいに、ずうっと何十年も向き合ってるじゃないですか。だからどうしてもそういうものについて、書いちゃう。

伊藤　音楽はどんなものがお好きですか。

谷川　もう圧倒的に、西洋のクラシック音楽ですね。母がピアニストを目指していた人だったんで、僕は毎日モーツァルトのピアノ曲を聴いて育ったの。クラシックが好きになったのは間違いなく母の影響で、感謝してます。母からは弾く方も教わりましたよ。こっちは早々にやめちゃったけど。比呂美さんは、どんな音楽を聴いているの？

伊藤　私もクラシック。一日中聴いてます。

谷川　へえ、そりゃちょっと意外だね。

伊藤　見た目、ロックでしょ。この髪もジャニス・ジョプリンのパクりですし。でもクラヲタですよ。自分じゃ楽器はできませんけど、娘たちにはピアノをやらせました。アメリカはレッスン料が高くて泣きましたけど、一番上の娘が音楽に進んで、ミュージシャンとして活動してます。ピアノ教師としてもちゃんと稼いでるから元は取れました。

谷川　僕は、息子が自分とは違う、音楽の道に行ってくれたのはうれしかったなあ。ピアノを始めて、高校のときにもう音楽で身を立てていくって決めて、そっちの方で自立していったから。それはいいことだって、応援しましたよ。

伊藤　ねー、応援しますよね。自分から離れていってくれるのってうれしいですよね。谷川さん、今は何をよく聴いてらっしゃるんですか？

谷川　ハイドンですね。

伊藤　なんと、ハイドン。ノーマークでした。その何を。

谷川　第二楽章ですね。

伊藤　第二楽章って、またおもしろい言い方を。どの曲でも第二楽章がお好きなんですか。

谷川　弦楽四重奏でも、なんでもいいんですけどね。だいたい第一楽章で聴衆を摑みにいくとしたら、その次の楽章は緩徐楽章って呼ばれて、もっと落ち着いて、ゆっくりして、本質的なところで奏でてる感じがする。第二楽章が自分らしいと思った。

伊藤　なるほど、ご自分をそういうふうにとらえてらっしゃるのかあ。意外ですけど、なんか納得しますね。お使いになっている日本語の透明性というか、癖のなさというか、それが第二楽章的。

谷川　そうね。僕はハイドンだけじゃなく、ベートーヴェンでもだれでも、緩徐楽章が好きだね。交響曲はあまり聴かないんですよ。交響曲やピアノソナタより、弦楽四重奏というものが好きというのに最近気がついた。ヴァイオリン、ヴィオラ、チェロという四つの組み合わせが好きなんだね。若い頃は弦楽器というのがピンとこなかったんですけどね。ハイドンの「皇帝」という弦楽四重奏の第二楽章を、三十代の初め頃に聞いたかな——そこから僕は入った。それから頭に残っていて、ドイツ国歌になってるというのを後から知ってね。

伊藤　谷川さん、ベートーヴェンもお好きじゃなかったですか。お若いときにものすごく感動してハマって……と何かで読んだ気がする。

谷川　そうですね、若いときは心酔というか、崇めてましたよ。音楽をどうこうというより、「いかに生きるべきか」というのがベートーヴェンにはある。生き方に関するような音楽。後期ソナタなんて音楽でなくなっちゃってるよね。一時期は、彼の下男でもいいからなれないものかなんて考えていたこともあったね。

伊藤　下男ですか。助手よりさらに扱いが悪そうです。今は、ハイドンをどうやって聴いていらっしゃるんですか。

谷川　もうCDで聴くことはほとんどなくて、だいたいストリーミングの「カームレディオ（Calm Radio）」っていうアプリですね。これはラジオっていっても、任意の作曲家の単位で選曲できる。特定の曲が聴きたい場合は、「ナクソス（NAXOS）」っていうサイトで選びます。カームレディオだと曲がいっぱいあるから、聴いたことのないハイドンの曲を発見することもある。それで、CDを買うこともあります。

伊藤 私はベルリン・フィルのオンライン会員。コロナが始まって、閉じ込められていた頃、ベルリン・フィルがオンラインコンサートを無料で開放してたんです。それがすごくよかったんで、無料期間が終了した後、ご恩返しで有料会員になったんですよ。そういうとこ、義理堅いんです、私。谷川さんも、生のコンサートとかじゃなくって、音源でいいって仰ってましたよね？

谷川 昔はね、せっかくウィーンあたりまで来たんだから、オペラ観に行こうかって、「ドン・ジョバンニ」を見たこともありましたね。だけど僕、あんまり興味ないんですよね、出しものに。音源でいい。それで、西洋のクラシック音楽を録音でずっと聴いていたのね、若い頃から。

伊藤 私もそう。でもそうすると集中できなくて、聴きながら、つい何かしちゃうながら聴きなんですけどね。音源でいいなんて言ってちゃイカンとずっと思ってたんですよ。なんか少し救われた。

谷川 ずっとそう言ってますよ、僕は。

音楽を「書く」ためのピアノ・レッスン

伊藤　もうひとつ気がついたことがありまして。谷川さんの詩に「音楽」っていう単語はよく登場するけれども、音楽のここが好き、この曲のこれがいい、みたいな描写ってないんですよ。

谷川　だってそれだと詩じゃないでしょう。説明じゃん。

伊藤　ああ、そうか。じゃあ、詩と説明の違いってなんですか。

谷川　説明しないのが詩で、説明するのが詩じゃないもの、ですよ。論理的でしょう？

伊藤　すっごく、よくわかります。私ね、この間ケルンで、ブルックナーを聴いたんですよ。コロナ禍の後の初めてのコンサートで、聴衆はぎっしり、みんなマスクしてて。

谷川　ブルックナー、僕は聴こうとも思わないけど。

伊藤　クラシック好きの人ってみんなブルックナーが好きなのかと思ってました。わたしも全然好きじゃなかったんですけどね。でもね。ブルックナーの四番。今回聴いてて思ったんですけど、音楽って、すごく抽象的なんですよね。なんで今頃気づくんだって話ですよ。

谷川　そりゃ、そうですよ。何だと思ってたの。

伊藤　ちゃんと聴いてなかったんでしょうねえ。ながら聴きで。でもずっと聴いてる。それなのに、それについて書けないんです。なんで好きなのか、何がいいのか、文章で。

谷川 ああ、そりゃ書けないね。

伊藤 えー、一刀両断されちゃいましたね。私、アメリカから日本に帰って来て最初にやったのが、熊本でピアノのお教室に通い始めたことなんですよ。アメリカにいたときから、ずっと習いたかったけど、ドレミファじゃなくてＡＢＣなんですよね、向こうは。書けないのは音楽についてわかってないからで、それなら音楽理論を勉強すればいいと思ったわけです。

谷川 ピアノが弾けるようになりたかったわけじゃないんだ。面白いねえ。比呂美さんらしいねえ。

伊藤 ええ、「弾く気はありません」って最初に先生に言いました。でね、先生が「バッハなら教えることができます」って言って、一年間通って、バッハのインヴェンションを解説してもらって、やめました。そしたらバッハって、決まった型を、いろんなところに埋め込むようにしてる。先生が色エンピツで、Ａはここと ここ、Ｂはそことここ、あ、また出てきた、みたいに線を引いて教えてくれて。その型をあちこちに使い回していくのって、説経節とかお経とかの口承の「語り物」そのもの。

谷川 そういう感じで聴いてるわけか。

伊藤　ふふふ、職業病です。それでも、よーくわかったのが、私には音楽について「書けない」ってこと。
谷川　そりゃ、基本的にできませんよね。できない話ですよ。
伊藤　それがオペラならできるんです。
谷川　オペラ……リブレット（歌詞・台本）を書くっていう意味じゃなくて？
伊藤　いや、それについて語るっていうこと。
谷川　つまり、リブレットがあるから、ことばがある。
伊藤　そうなんです。ことばがある。
谷川　なるほどね。
伊藤　それで、ブルックナーは、最初から最後まで、音だけで、抽象的すぎて、ほんとに取っ掛かりがなかった、私には。
谷川　あなたの言う抽象性っていうのがわからないけど、とにかくベートーヴェンを聴いていると、まあ、ベートーヴェンが「いる」んですよね、音楽の中に。オレは、あなたがブルックナーに感じたことを、今ハイドンに感じているんです。
伊藤　ハイドン、「いない」んですか！
谷川　ハイドンはいないの。音楽があるだけ。そこがベートーヴェンと全然違っていて。だからハイドンは聴いていてホントに気持ちがいいんですよ。

伊藤　谷川さんが好きって仰るから、私も聴いてみたんですよ、ハイドンの第二楽章。でもあまり印象に残らなかった。すみません。やっぱりマーラーとかショスタコヴィッチとかに比べると、刺激なくて。谷川さん、ブルックナー、お好きかもしれませんよ。

谷川　それが、どっかでは聴いているんだろうけど、聴こうと思って聴いたってことはないんです。ワーグナーなんかもそうなんだけど。

伊藤　ワーグナーは、ものすごく具体的でしょう？

谷川　そうだね。「ジークフリート牧歌」なんて、ものすごく具体的だよね。息子を産んだ奥さんに感謝をこめて、誕生日の贈り物にした曲ね。

伊藤　ワーグナーもあんまり聴いてないです、とっつきにくくて。オペラにハマっていたときもヴェルディばっかり。オペラってすごく具体的です。私がハマれたのも、あの具体性があったからだと思うんですよ。人間の声と語ることばがあるから、取っ掛かれる。ヴェルディなら、シェイクスピアとかが近いからかも。私、夫の看取りをしていた頃、一日中オペラや、声楽の入った曲を流してました。声楽曲が、人の声が、好きなんですよね。

谷川　オレ、器楽曲の方が好きなんですよ。

伊藤　わかってます（笑）。人間が好きじゃない、のかもしれない。仰るとおりに。とにかくまとめますよ、「音楽」は「ことば」で説明する必要はない、そうしたら詩ではないと。音楽イコールことば、っていうことでもない？

谷川　そういうことはないです。音楽は言語とは全然違うものだから、気が楽ですよね。もちろん、理想としてはありますよ、音楽のように詩を書きたいっていうのは。でも自分の中では、それは絶対無理ですね。

七五調の沁みる使い方

伊藤　体内音楽に従って改行、行あけしてことばを整える。そうしてできたものを「詩だ」と思っておられる理由は何ですか？　それを「詩だ」と考え始める大もとというか、谷川俊太郎の〝谷川俊太郎〟みたいな存在とは……。

谷川　それはちょっと、難しいところだねえ。何て言えばいいんだろうねえ。オレは、自分の書くものが全然、詩でなくても構わないって思ってるのね。でもその一方で、注文を受けて書く原稿は、たとえば朝日新聞の夕刊に載るものが「詩」だとみんなが思ってるわけだから、どうしても、詩らしくしなきゃならなくなるじゃない？

伊藤　そうそう、そうなんですよね。

谷川　そのときの、詩の観念みたいなものはあるんですよ、頭の中に。それが何なのか、ことばで説明しちゃうと何か、違うものになっちゃいそうだから、そのときそのときの、ほとんど生理的な反応でそれを出していますね。

伊藤　なるほどー、いや、よくわかります。詩を注文されたときは、詩、書かなくっちゃ、って思うでしょ。

谷川　うん。

伊藤　それってあの、夕刊に出ているかたち、ですよね。

谷川　はいはい。

伊藤　だけど、谷川さんが一番最初に、体内のリズムに従って書いたときね、このかたちで、行あけしていったのは、どこから来てるんですか。

谷川　一番最初っていうのは、年齢的に？

伊藤　そう、書き始めた頃。

谷川　十代だね。それは多分、北川幸比古《さちひこ》[※5]の詩を読んで、そこから何となく体内音楽ができたんじゃないかな。

伊藤　どなたですか？

谷川　高校の同級生で、すごい文学青年。詩に熱心な人だったけど、僕はラジオを組み立てるのに熱心な人だったから、あんまり関係はなかったんです。それが、なぜだか彼に誘われて、彼が作ったガリ版刷りの同人誌に詩を書いたのが、初めての詩作だったのね。北川幸比古は、昭和前期、戦前の中流家庭育ちというのが色濃く出てたんですよ。彼と違ってオレにきょうだいはいなかったけど、よく似ているところがあった。それで、彼の書く一種のノスタルジーっぽいものが、十八、十九歳の自分にピンと来たんだと思う。だからその口調みたいなものは、今でもどこかに残っていると思うんだけど、その辺が自分の、体内音楽の最初ですね。

伊藤　なるほど。詩をみて、「ああ、いいな」と思って、じゃあこういうのを書こうと……。

谷川　こういうのを書こうとは思わないんだけど、「あ、これが詩というものなのか」「こういう風に書きゃいいんだな」みたいなね。

伊藤　じゃあね、北川さんは、どっから詩のスタイルを持ってきたんですか。

谷川　……北原白秋じゃないかな。

伊藤　白秋ですかっ！　じゃあ、白秋はどこから？　どこかから来てるわけでしょう。

谷川　白秋はどうなんだろうねえ。教養はあったんでしょ？　結構。

伊藤　うーん、白秋の前っていったら、どんな詩があったんだろう。やっぱり「明星」で、与謝野晶子とか鉄幹とかで、その前は北村透谷や島崎藤村なんかの「新体詩[※6]」みたいなとこに行きますかね。あるいは鷗外の翻訳とか。

谷川　そういう概念的にひとまとまりになっているものとは違うものだったのかな、と思うんですよ。白秋とか他の詩人とかの、あるひとつの作品、みたいなものじゃないかな。少なくともオレはそうなの。一般論として、ジャック・プレヴェールの詩はいいって言えるんだけど、オレ自身がホントにいいと思っているのはその中でも小笠原豊樹が訳したこの詩、っていうのはある。だから結局、そういうふうに自分にとっての一篇、感動した詩に影響を受けて、自分の体内音楽ができてるんじゃないかな。

伊藤　そうなんでしょうね、おそらくね。

谷川　だと思うけどね。だからその中には三好達治だっているわけだし。

伊藤　そういう人たちも、前の世代に影響を受けてきたんでしょうね。私はね、中原中也※7の長いものに影響受けました。

谷川　長編詩ってこと？

伊藤　長編詩って言えるのかな、「曇つた秋」とかね。だらだらした長い詩。「汚れつちまつた悲しみに……」みたいにピッと短くまとまっている詩じゃなくて。賢治なら「小岩井農場」。長くって、だらだらして、こういう（指で蛇腹状の線を描く）感じに一文が長いような。私の体内音楽でいえば、きれいに一節に収めることを、まったくしないわけではないんですけど、でも収めようとすると、何か騙しているような気になる。

谷川　誰が誰を騙すの（笑）。

伊藤　自分が自分を。何か、政治的な意図に屈したかのような。

谷川　オレなんかもう、詩をいっぱい書いてるから。バリエーションを考えなくちゃいけなくて、そういう決まったものがないんだよね。一行を短く書こうか長々と続けようか、口語調か文語調か、とか。影響を受けた口調というか、スタイルみたいなものは、あるんですけどね。詩の文体って、みんなあんまり問題にしないじゃない。

伊藤　でも、詩はやっぱり文体が一番、問題なんですよ、ほんとは。

谷川　言い切っちゃってもいいんですか。

伊藤　うん。詩が言ってる意味なんて、どうでもいいって感じがするの、基本的に。だから、文体を持ってる……中原中也なんていうのは、すごく文体がハッキリしてますよね。あれは、一目で「詩！」って言うしかない、みたいなね。

谷川　はい、そうですね。言うしかない。

伊藤　宮沢賢治も長いけど、そういう面はありますね。そういう何かが自分の――今、七十年くらい詩を書いてるのかな、オレ――自分のからだに入ってるものがありますねえ。

谷川　そう、谷川さんの文体みたいなのがありますね。早稲田の学生の中に、おもしろい、小説みたいな、というか散文みたいな詩を書く子がいるんですけど、このあいだその子の詩を読んだら、谷川さんがめっちゃ浮かんできて「谷川さんみたい」って言ったら、ショック受けてるんですよ。話をきいたら、「『鳥羽』読んでました」って（笑）。具体的に何が、どこが〝谷川さんみたい〟なのかはよくわからないの。でも間違いなく、その子の詩には出てきたんですよ。谷川さんがそこでしゃべってるような気持ちで、声を拾ったんでしょうね、その子は。

谷川 そうだろうね。それが文体の一面だよ、少なくともね。

伊藤 渾然一体にいろんなものが醸し出されて、文体ができていくってことですよね。あとね、日本人としてとか、日本語の語感とかの影響って、ありますよねー？　谷川さんなんて特に、長らく生きておられるし（笑）。

谷川 当然ありますよ。僕の場合、七五調もからだに入ってるね。

伊藤 うそ、入ってるんですか！

谷川 もちろん。完全に入ってますよ。だから、詩を書くときは五七五っていうものを、できるだけ効果的に使おうと思ってます。

伊藤 でも、私が何回子どもに読んで聞かせたか知れない、今もそらで言える、「かっぱかっぱらった、とってちってた」なんていうのは。

谷川 それは語の音じゃなくて、韻の方を考えてたからね。『ことばあそびうた』[※8]の中でも、「いつならいるか／よるならいるか」とか七五調のもあるけれども、韻を重視してたものは、ちょっと違うかもね。

伊藤　それでも、七五調は入ってるんですか。
谷川　入ってます。我われ世代はもう全部、入ってます。
伊藤　どういうルートで入りました？
谷川　全然気がつかなかったな。
伊藤　歌謡曲とか？　あ、お母さまの作った離乳食からかも（笑）。
谷川　離乳食で七五調ってよくわかんないけど（笑）。まあでも、極端にいえば小学校以前からからだに入ってはいると思う。だって「ほしがりません　かつまでは」とか、特に戦時下の標語なんか全部そうでしょう。
伊藤　おお。小学校唱歌もそうですよね。……私、谷川さんって、五七五なんて、こう反発して、忌避してらっしゃるとばかり……。
谷川　そうね。七五調でずっと詩を書くっていうのは生理的にはできないけどね。パロディにする以外は。僕、演歌がダメなのは、七五調のあの同調を引きずっている感じがどうもダメなの。七五調的なものを使うときは、少しずらすようにしていますね。四六にするとか、七五のあとに散文的なのを組み込むとか、そういう技術としての七五調っていうのはあります。
伊藤　なるほど。でも使うときはあるわけですね。
谷川　もちろん無意識的にも使ってますね。わりと好評だった自分の詩を読み返してみると、やっぱり七五調的なものが入れてあることが多い。

伊藤　ああ、私もそうです、実をいうと。

谷川　そりゃそうでしょう、あれだけ書いているんだから。日本の漸層的なものをね。

伊藤　ふふ、散文の中に入れるんです。ここでちょっと見得を切りたいなってときに、パンと入れると、ピッと調う。

谷川　だからまだ、日本人は大丈夫なんですよ。七五調がちゃんとからだに入ってると思うから。四歳、五歳の子どもでもね。うまく使えば、すごい抽象的なことを書いていても、どうにか人に読んでもらえる。詩にちょっと七五調を入れると、すごくのみ込みやすくなるみたいで、評判がいいってことはありますね。

賞は嫌い、賞金は好き

伊藤　谷川さんでも、詩の評判は気にするんですか。

谷川　気にするってことはないね。結果的に喜ばれることはあるかもしれないけど、そういう詩を書こうとは思わないですね。

伊藤　そうだろうなあ、谷川さんならそう答えるだろうなと思いました。私はそんな身分じゃございませんからアレですけども、人があれこれ評価するのなんて、キリないですからね。

谷川　あのね、小学校に入るときにね、母親がオレを大学の付属かなんかの、ちょっといい学校に入れたかったのね。それで三角や四角の形を合わせるみたいなテストを受けさせられたんだけど、それがすごく屈辱的だったんですよ。大人がそういう出題をして、オレを試そうとしてるってことがね。その後もずっと試験ってものがイヤで、その延長線上に、人と比べられるのがイヤっていう気持ちがあるんだよね。

伊藤　ハイハイッ（手を挙げる）。それなら、ウチの業界につきものの「賞」、あれイヤでしょ？

谷川　大、大、大ッ嫌い。まぁ賞金は好きだけどね。

伊藤　カネの価値はお認めになると（笑）。じゃあ、たとえばある仕事で十万円もらえる、こっちのは五千円、また別のは三十万円になる、みたいのがあるとしますよね。それもやっぱり、他人によるご自身の査定じゃないですか。

谷川　オレ、全然、自分が査定されていると思ってないもん。

伊藤　どうしてです？

谷川　それはオレ自身の査定とは関係ないの。オレが作ったものの商品価値だから。

伊藤　うう、そういうことなんですねえ。賞の話なんですけど、私の教えていた学生が、中原中也賞を取ったんですよ。

谷川　へえ、そうなの。

伊藤　私そのときだけは、他の学生にちょっと口幅ったいことを言っておこうと思って「みんな、大変なことになった。これからあんたたちはものすごい苦しみの中に生きることになるかもしれない」って。

谷川　どうして？

伊藤　だって、同級生が賞を取ったの見ちゃったら、自分も取れるかもって期待しちゃうじゃないですか、どこかで。でも圧倒的に取れない確率の方が高いんです。取りたいという欲望も湧くし、取った人に嫉妬もするし。その苦しみに、これから耐えていかなくちゃいけないんですよ。

谷川　……その苦しいっていうの、オレ、わからないから。賞を取りたいとか、いい詩を書きたいっていうことがないから、苦しんだことがないんですよ、僕は。

伊藤　ちっ、聞いた相手が悪かった、人間じゃなかった（笑）。

谷川　あのね、そういう学生たちってみんな、それで生計を立てようとする気があるの？　詩人や小説家になろう、書いてお金を稼ぐんだって思ってる？

伊藤　みんな、はじめはその気満々でした。ところが、ちょっとびっくりしたのは、先生たちはちっともそう思っていないんです。

谷川　へえ？　先生たちにその気はないんだ。

伊藤　そうなんですよ。私は詩人養成所のつもりでいたんですけど。それでね、学生の方もいつのまにかそうじゃなくなる。次第次第に、離れていきます。

谷川　ああなるほど。そういうものかもね。

伊藤　で、谷川さんは賞を取りたいと思ったことがない……と？

谷川　まあ、若い頃に少しだけあるけどね。二十代前半で出した第二詩集『62のソネット』[※9]が読売文学賞の候補になったんですよ。その頃は賞、取りたかったですよ、やっぱり。まだ若かったし、売れるようになるから。結局、その年は石田波郷《はきょう》[※10]が取ったけどね。

伊藤　わお。石田波郷ならしょうがないですね。あきらめましょう。私は四十代の頃、二年連続で芥川賞の候補になりましたけど、あれはほんとに嫌でしたね。なんだか行きたくもないところに持っていかれちゃって、大騒ぎされて、取れりゃおカネになるのに取れないと何にもならない。私は詩の賞、ずいぶん長い間、候補にもなったことなかったんです。そうすると、私、根が素直だから、やっぱりまだ何か足りなかったんだな、みたいに真面目に思って。

谷川　ほんとう！　わりとナイーブに賞を見てたんだねえ。

伊藤　ナイーブ上等っす。でも賞をもらわないと、私たち、ボーナスってないじゃないですか。

谷川　小説家も賞をもらえば、本の売れ行きが少しよくなるから欲しいんだと思うよ。比

伊藤　呂美さん、詩で賞もらったのっていつ？

谷川　高見順賞です。五十代のはじめに、『河原荒草』[※11]で。候補になったのもそのときが最初。そりゃあ、嬉しかったですよ。

伊藤　賞ってさ、多少バカにしていても、やっぱりもらうと嬉しいよね。だって副賞があるもんね。オレ、今度、日本現代詩人会が、毎年ずっと先達詩人、要するに年寄りの詩人を褒める会があって、今年（二〇二一年）それに選ばれたんですよ。

谷川　あー、桂冠詩人みたいなもんですね。おめでとうございます。

伊藤　（吹き出す）桂冠詩人まではいかないけどね。それと、マケドニア（現・北マケドニア）の国際詩祭で金冠賞っていうのも貰ったの（過去の受賞者リストを渡す）。

谷川　それこそほんとの桂冠じゃないですか。すごい、今、検索してるんですけど、ネルーダ、オーデン、ギンズバーグ、ブロツキー、シェイマス・ヒーニー、マーガレット・アトウッド[※12]……世界各国の谷川さんばっかり。

伊藤　マケドニアがどこかもわかってないからね。でも、ちゃんと賞金もくれるの。ちょっとした金額なんだよ、八千ユーロだって。

五分で詩の書き方を教えてください

伊藤　谷川さんに、ぜひご相談したいことがありまして。私、次の予定があるんで、あと五分でおいとましなきゃならないんですけど。詩の書き方を教えてくださいい！

谷川　えっ？　あと五分で（笑）。

伊藤　なんでそんなことをお聞きするかっていうと、「現代詩手帖」に詩を書けって言われてるんですよ。ずっとお断りしてきたんですけど、今回これを依頼してきたのが、早稲田の詩のクラスにいた元学生でして。

谷川　その編集部に就職したわけ？

伊藤　はい、ところが、元学生の頼みは断らないが信条なもので、今回ばかりは逃げられないんですうー。

谷川　そうだよ、そうだよ。そりゃ、書かなきゃあ。

伊藤　でね、締め切りまで一ヵ月半なんですけど——どうしたらいいですか⁉

谷川　即興で書くしかないね。

伊藤　……どうやって？

谷川　どうやってって、あなた、エッセイと同じように書けばいいんじゃないの？

伊藤　でも、エッセイを書いたら、それは散文になるじゃないですか。

谷川　もうそんな区別なんかついてませんって。

伊藤　Exactly!（たしかに！）

谷川　いまそれは、相対的に区別はないですから。

伊藤　っていうか、私、区別をつけたらいけないと思ってるんですけどね。
谷川　じゃあ、いいじゃん。
伊藤　でも、真に受けてエッセイみたいにやろうって取り掛かったら、普通にいつも書いてるような、ああいう文章になっちゃいますよ。注文は詩ですから。
谷川　だから、それをハサミで切ればいいんですよ。チョキチョキチョキ……。
伊藤　え、詩みたいに、ってことですか？　行あけにした方がよくないですか？
谷川　しないで。だからざーっと、いつもあなたが書いてる風にざぁーっと散文で書いて、それをチョキチョキって、適当なところで切って、それでもって、一行ずつ空けて……。
伊藤　空けて？
谷川　編集部に出す。
伊藤　一行に散文があって、上から下まで……。
谷川　最初から一行一行考えるんじゃなくって、まず散文を書くでしょう？　そうすると、自分の気に入った箇所があるじゃん。そこを切り抜くわけ。
伊藤　うーむ。
谷川　その次に、そこから一行空きで、次に気に入った散文の三行かなんかを送って入れる。

伊藤　えーと、散文って書くとき、ある程度テーマが要りますよね？　一応何か考えて書き始めますよねえ。窓から外を見たとか、谷川さんと会って話したとか、その中にテーマがある。そこからランダムに、自分の意思でことばを取り出して、そして取り出したものを適当に並べる。

谷川　うん、そう。

伊藤　でもその、取り出すときの意思ってあるじゃないですか。

谷川　ない。

伊藤　これ、自分の美的な、詩的な感覚で選んじゃっていいんですか。

谷川　美的な詩的な感覚は、捨てた方がいいと思うよ。

伊藤　そこ！　そこなんですよ、私がしたくてしたくて、どうしてもできないのは。どうすればいいんですか。

谷川　うん、つまりね。人が読んで面白いかな、どうかなって、他人のことを一生懸命考えるの。

伊藤　人が読んだら面白そうなところを選ぶ。

谷川　そう。それで、人が読んだら面白そうに組み立てる。

伊藤　その「人」、「他人」とは？　いわゆる読者ですか。

谷川　読者でも誰でもいいんですよ。オレでもいいよ。「こういうのは谷川さん、喜ぶだ

伊藤　ろうな」って考えるんでいいんじゃない？

谷川　つまり、自分以外の人。

伊藤　そうそう。他者っていうのはそういうこと。読者って限定するんじゃなくて、「他者」でいいんだよ。

谷川　なるほど。他者に向けて書くっていう。

伊藤　だから、お宅の娘でもいいんですよ。「娘がこれ読んだらどう思うかな」みたいな。

谷川　うちの娘たち、読みゃしませんよ。だから、「谷川さんが喜ぶかなー」でいいですね。よーし、やってみます！　たしかにことばは、選ぶときに、自分が「いいな」と思ったものを捨てたい、ずっとそう考えてきました。

伊藤　それいいですよね。そこですよね。

谷川　そこでしょう？（ニッと笑って）私たぶんね、「いいな」があんまりあり過ぎるから、詩っていうものから離れていった気がする。何を書いても比呂美なんですよ。

伊藤　ああ、なるほどねえ。そこなんですよね。今、話を聞いていてもそうですよねえ。

谷川　（爆笑）

伊藤　だから、形の問題ですよ、詩は。散文はずーっとつながってるわけでしょう。それに形を与えたら、詩になるんですよ。中身は同じでも。

谷川　なるほど。五分でできたーみたいな。

谷川　そうそう。気づけば、ホントに五分でできちゃいますよ。
伊藤　ありがとうございます。すごいノウハウを教わったような気がします。

※1　一九八三年　書肆山田
※2　二〇一九年　スイッチ・パブリッシング
※3　三好達治「雪」
※4　谷川俊太郎・文　長新太・絵　一九八一年　福音館書店
※5　児童文学作家　1930-2004
※6　明治初期に、西洋詩の影響のもとに書かれた文語定型詩
※7　詩人　1907-1937
※8　谷川俊太郎・詩　瀬川康男・絵　一九七三年　福音館書店
※9　一九五三年　創元社
※10　俳人　1913-1969
※11　二〇〇五年　思潮社
※12　パブロ・ネルーダ　チリの詩人　1904-1973／ウィスタン・ヒュー・オーデン　イギリス・アメリカの詩人　1907-1973／アレン・ギンズバーグ　アメリカの詩人　1926-1997／ヨシフ・ブロツキー　アメリカの詩人　1940-1996／シェイマス・ヒーニー　アイルランドの詩人　1939-2013／マーガレット・アトウッド　カナダの作家・詩人　1939-

第5章……詩とことば（Ⅱ）

——詩にメッセージは必要か

伊藤　エゴとセルフはどう違う？
谷川さん、お元気そうですね。

谷川　はい、なんとかやっています。今日はね、私《わたくし》の話をしたかったんですよ。

伊藤　ワタクシですか？　大好きです。いくらでもしますよ。

谷川　自分自身の話っていう意味じゃなくて、エゴについて。自分のエゴ、どのくらい強いものだと思ってる？

伊藤　私ですか？　ふふふ、またまたぁ（含み笑い）。……えーと、かなりすごいものだと思います。

谷川　あ、そうなの？　オレは前に糸井重里さんと話してたときに、とにかく糸井さんもオレも「エゴが薄い」って話になったんですよ。オレは「エゴが薄い」って言われたときに、なるほどなあと思ったの。セルフはあるんだけどエゴが薄いことはホントに……。

伊藤　どう違うんですか？　エゴとセルフは。

谷川　エゴは「オレがオレが」って、主張するところですよ。セルフはもっとこう、静かに自分っていうものが芯にある、っていう感じですね。

伊藤　あぁ、なるほど。だとすると私、エゴが強いかどうかわからない。

谷川　でも、あなたの仕事の仕方を見てると、エゴがちゃんと見えてますよ。

伊藤　そうですね。エゴしかない！　ような書き方してますけど。

谷川　でも、お経があんなに好きだっていうのはやっぱり、セルフの方もかなり関係していると思うんだよね。エゴだけじゃなくて。

伊藤　いや、お経への関心は、たんなる詩への関心ですから。谷川さんご自身についてはどうなのか、もう少しくわしく……。

谷川　いや、オレはエゴが薄いってことしかないんだよ。だから、初めから自己表現として詩を書いてはいなかったと思うんだよね、オレは。ただ自分が感じてることをそのまま書いてたんだけど、当時を振り返ってみたり、ほかの詩人の話を聞いたりすると、あれは全然自己表現じゃなかった。自分の住んでいる世界の面白さとか豊かさを、拾ってただけだっていう気がする。それはエゴじゃなくてセルフの方で拾ってて、セルフで書いていたから、読者があったのかなって気がするの。セルフは、エゴみたいに主張しないんですよ。

伊藤　なるほど、でも、自分は自分としてあるわけでしょう？

谷川　もちろん。だから、自分が自分としてあるのがセルフなんですよ。

伊藤　じゃ、エゴは、「オレがオレが」って、ぐいっと前に出てくる、みたいなもんですよね。男の詩人って結構みんな、そういうところがある気がする。

谷川　……と思うね。

伊藤　ここだけの話、それ、ウザいですよね、ふふふ。何かガサッとこう、自分の爪痕を残したいみたいな感じ。谷川さんにはそれがない……？

谷川　いや、ないとは言いませんよ。薄いんですよ。

伊藤　同世代の詩人たち、たとえば大岡さんはどうでした？

谷川　大岡は、うまい具合にエゴもセルフも両方あるんだよね。大岡と何人かの友だち同士で酒飲んでると、ひとりでしゃべりまくっちゃう人だから。それは一種のエゴなんだけど、それがイヤじゃない人だった。

伊藤　ほかの詩人はどうでしたか。

谷川　田村隆一[※1]って人は、実生活でエゴを使ってた人で（笑）、女のところを渡り歩いてはうまく同棲しちゃうみたいなところがあった。でも書く詩はやっぱり、エゴだけじゃないんですよ。

伊藤　なるほど。すごい紋切り型の話をさせていただきますね。文芸の場で生きてると、やっぱりジェンダーとしての男と女がいる、そういう中で女たちは育ってきているでしょう。そうすると、いくらエゴの強い女でもどっかでそのエゴをへし折られた経験があるんですよ。どんなに評価された人でも。それを違う形で跳ね返して、別の表現に昇華させていったと思う。たとえば私、津島佑子さん[※2]が「私は我が強いから」っておっしゃるのを何回も聞いた。それはつまりその部分を批判されてたってことなんですよ。だって男に対して、「お前は我が強い」って批判的なもの言いはしないでしょう。

谷川　どうなんだろう。批判する側とされる側の立場にもよるかもしれないね。

伊藤　大岡さんに対して「我が強いな、この男は」って思われたことあります？

谷川　ないない。ただ、大岡の奥さんが彼のすごくたくさん書くところなんかを「植物的なエネルギーがある」って言ったのは、ホントにそうだと思ったね。

伊藤　どういう意味ですか。

谷川　動物的っていうと、嚙みつくとか襲い掛かるようなエネルギーでしょ。そうじゃなくて、植物が自然に伸びてきて、枝葉を広げたり絡みついたりしながら次第に繁茂していくようにして生きている、そういうエネルギー。

伊藤　すっごくよくわかりました。じゃあね、「ナルシシズム」は「我」と同じですか？

谷川　同じじゃないね。我っていうのは、もっと外へ出ていくよね。ナルシシズムは基本的に自分に返ってくる。その、返ってくるときに他者にも働きかけて自分をすごいものにしたいわけでしょ。だけど我ってまず他者に向かうと思うんだよね、自分よりも。

伊藤　他者をコントロールしたい感じですか。

谷川　コントロールしたいっていうのは征服欲であって、我とはちょっと違うね。

伊藤　そしたら、我っていうより、征服欲かもしれない。男の人がみなさん、お持ちなのは。

谷川　そうかもね。軽いのから激しいのまで程度の差はあるけど、基本的に征服欲みたいなのはあるかもね。

伊藤　でしょう。どの男の詩人にもそれがある気がする。あとエゴの話ですけど、時代にも関係しているかもしれない。バブルで本が売れた経験のある私たちと、そんな経験のない若い書き手とは、やっぱり大きく違うような気がするんです。

谷川　そうか。詩集とか、自分の書いた本がよく売れたってことね。

伊藤　そう、詩集を出したら必ず売れた時代があったでしょう。そういうのってちょっと自信がつくじゃないですか。それで、エゴだって強くもなるじゃないですか。

谷川　自信はつくよ。それもあるかもね。

伊藤　基本的に自己肯定感っていうか、自分を受け入れた状態でスタートできた、みたいな感じね。だから私がわりと前向きで、パワフルで、ポジティヴなのは……時代の、申し子と……（小声で）エゴのせいではなくって……。

谷川　もしかして、エゴが強いっていうのがイヤなの？

伊藤　イヤです！（笑）。エゴを持たない人間として、紫式部みたいに生きていたいなと思うのに、ついうっかり清少納言のように生きてしまったり……。

谷川　あの、旦那さまにちょっと話を聞きたいよね。

伊藤　比呂美のエゴはどうでしたかって？　そりゃあもうみんな、ひどいこと言いますよ。夫との関係性の中でやりあっていて、ここで負けたら私の一生は台無しだとか、思ってましたから。女と男の間で、ここで譲ったらまずいだろうって。初めからそうでしたね。そういう時代だったんです。

谷川　うん、時代のせいだね。きっとね。

伊藤　どういう時代かというと、女として生きてても、どうしようもない社会的な影響で、エゴを持ちづらくなっていたんじゃないか。よしんばエゴの強い女がいても、行動すれば潰され、人前でものを言えば批判され、みたいな経験を重ねてたんじゃないかと。それで私も自分自身、おそらくね、抑えつけられた経験、あるんですよ。

谷川　でしょうねえ。

伊藤　でね、今はそんなことなくなって、女でも喋りはじめたら止まらないような、エゴの塊みたいなのがいっぱいいるでしょう。

谷川　それは知らないけど、まあ、変わってきてはいるだろうね。

詩はジェンダーを超えるのか？

伊藤　私、詩を学生たちに教えるとき、しょっちゅう言うのが「指示語がうるさい」「接続詞がうるさい」ってことなんですよ。

谷川　……ってセンセイが口うるさく言うんだ。

伊藤　言いますねえ。初心者ほどいっぱい書き込んでくるんです。これが起こった、だからボクはこう思う。誰々がそれをしたので、こうなって、それから……って。「これじゃ、あなたが考えた指示が全部ことばで書いてあって、私はそう読むしかないでしょ」って。言っても言っても書いてくるのね。翻って谷川さんのこの、ことばを削いで、削いで、もう可能な限り削ってしまった詩……。

谷川　削ったんじゃなくって、そういう風にしか出てこなかったんですよ。接続詞なんかも気にしないからさ、自然に出てきた文を書いてるだけ。全体の形をみて、この一行が長すぎるなと思ったら、一所懸命言い換えて短くする。そういうことは、やってます。

伊藤　あ、やっぱりそうですか。

谷川　あんまり削って短くすると、だんだん具体的じゃなくて抽象的になるでしょう。私は、伊藤比呂美の非常に具体的な文章に影響を受けてますから。

伊藤 ははは。

谷川 オレも男だからつい抽象的に書いてしまうけれども、それじゃいけないと。伊藤比呂美を見習って、ちゃんと具体的に細部を書こうと思ってさ（笑）。

伊藤 おだてたって何も出ませんよ――紋切り型だとこう言いますね。男だから抽象的なんですか？

谷川 うん、比呂美さんはホントにある意味、具体的なことしか書かないで、そこにお経みたいな抽象を突っ込んで、書いているわけでしょう？　そこが面白いんだけど、我われ男はどうしても、抽象へ抽象へ行くんですよね。詩に本音をしのばせることはできるけど、全編本音で書いたら全然つまんないですよ。男だから。

伊藤 なんで男だと抽象へ行くんです？

谷川 お産しないからだと思う。

伊藤 ええー！　お産、出産ですか。どうして？

谷川 女は出産することで、どうしても世界の具体的なものとすごく結びついているのね。誰かが「女は存在、男は現象」って言ってたじゃん。現象なんですよ、男は。

伊藤 でも、それならお産しない女は？

谷川 いや、お産の可能性があるだけで違うんですって。からだの作りということではなくて、自分のお腹の中に他人がいる可能性があるっていうのはさ、男には全然、想像がつかないよ。

伊藤　でも自分のペニスから出たものが、その〝他人〟になる可能性もあるでしょ？

谷川　そりゃ、「他人になる」のと「可能性がある」のでは全然違うじゃない。あんな雫みたいなものが自分の中にあっても、あんまりリアルじゃないですよ。

伊藤　射精した瞬間にね、子どもになるっていうリアルな感覚はないですか。

谷川　ないです、全然。自分のからだの一部だと思ってないんだよね、精液を。オレやっとそういうことを考えるようになった頃にね、精虫って虫がいて、男と女が並んで寝てるとそれが男の方から女の方へ這っていくんだと思ってたもの。毛虫みたいに。

伊藤　それ、すごい時間かかる（笑）。

谷川　そう。全然、自分から出たもんじゃなくって、くねくね這っていくイメージですからね。

伊藤　あのね、学生に詩を書かせると、女の子として育てられた子たちって、ちっちゃな軽自動車で近所の曲がり角をとととと……って廻っていくようなものを書く傾向が強い。一方、男の子として育てられた子たちは、高速の上で遠くを見ながら走っているような感じ。

谷川　そう、やっぱり抽象性の違いがあるんだね。

伊藤　そうです。私たちの業界って、おおむね、ジェンダー的にはがっちり固まっていた感じじゃないですか。男として育てられた人は抽象的な、女として育てられた人は具体的な詩――みたいなのを書いてきたような気がするんですよ。だけど最近ね、若い詩人たち、学生たちも、男として育てられた人だけど女として育てられた人たちが書くような詩を書くの。そして反対に女の子の中で、こういうの男も書くじゃん、みたいな人もいる。

谷川　一人称を「僕」で書く女の詩人がいるでしょう。

伊藤　むっちゃいます。あれは、問題なんですけどね。

谷川　あっ、そうなの（笑）。どこが問題なの？

伊藤　私がいつも絡んで、イヤがられてます。彼らに「詩っていうのは、自分を見つめて自分と向かい合うことだから、そのときにあんたたちみたいな、ベイビィ・ポエットが自分のことを見つめなかったら何にも出てこないでしょう」って。

谷川　ベイビィ・ポエット（笑）。

伊藤　だから、「一人称は、自分の性自認のまま書くべきだ」って言うと、三年前はみんな納得した。ところが今はね、納得しない。言い返してくるの。

谷川　どう言い返してくるの？

伊藤　「私はノンバイナリーなんです」って言うんですよ。三年間でこれだけ、ジェンダーって概念が広まって、意識が変わったんだなって。でも、「ノンバイナリー」って言われちまったら、おしめえよ、みたいなとこがあって（笑）。

谷川　それは困るよね。

伊藤　はい。最初にこの問題にぶちあたったとき、上野千鶴子さんに相談したんです。したら上野さんは「そんな小じゃれた意識は流行よ。そんなの気にしなくっていいのよ」って。かっこよかった。私が若い頃に「女」っていう概念を見つけたのも、あれもやっぱり流行だったのかもしれませんけどね。でもとにかく、上野さんの言葉に自信を持って、私、まだ学生に言っていて、イヤがられてます。しょせん八〇年代詩の婆あ、と思われてますよ。だけど、ここまでみんなの意識が変わってきた。私も、今はもう、ノンバイナリーを前面に出すのもOKと思ってます。というか、私が学生なら、ぜったい、私はノンバイナリーですって言ってると思う。

谷川　オレはもう全然、男のことばも女のことばも気にならないから。詩を作るときの意識で、今日は僕がいいとか、オレにしようとか、我が輩、おいどん、それとも素直にわたしにしようか、子どもっぽくボクにしようとか、その場で決めてますからね。

伊藤　フィクション性が強くなりますか。

谷川　うん。ただフィクションといっても、自分の子ども時代のリアルってものはあったりするね。ひらがなで書いていているから。

伊藤　それ、はじめからそうでしたか？

谷川　はじめはそんなに意識していなくて、一時期は僕にしようかオレにしようか、悩んだこともありました。それで、この詩には「ぼく」がいい、これは、「わたし」の方が少し大人っぽいみたいな感じで決めてましたね。

伊藤　じゃ、ジェンダーを飛び越えることは？

谷川　それは実感としては全然なかったですね。抽象的にはいくらもあるんですけど、もちろん。それから自分の中のゲイの意識ってのはずっと持ってましたね。

伊藤　えっ、持ってたんですか？　ウソ、谷川さんって、「ど」がつくくらいのストレートと思ってました。それもテストステロン（男性ホルモン）がむっちゃ多いタイプの。

谷川　男性ホルモンはもちろんあると思うんだけど。だって我われ物書きは、ことばの上で勝負しているからさ、ことばの上でどうとでもなっちゃうわけですよ。

伊藤　じゃあその、ゲイ的な見方でものを見ているっていう意識はありました？

谷川　ゲイ的かどうかは知らないけど、たとえば中学生の初めくらいかな、友だちといっしょに戦争に行って、彼らと戦死する夢を見ましたね。そういう夢を見たって記憶に残っていて、それがすごい甘い思い出だったんです。いっしょに死ぬのは特定の友だちじゃなかったんだけどね。特定の友だちとのゲイ的な友情もあったんですよ。

伊藤　その関係は発展したんですか。

谷川　いや、どうしていいかわからないじゃない、知識がないから。だからそのまま。うんと後に同窓会か何かでソイツに会ったら、何かもう気持ち悪くてさ（笑）。コイツのこと好きだったんだ、とか思っただけでゾッとしたね。

伊藤　大人になったら、その傾向はなくなった？

谷川　そう、完全にヘテロの男です。

伊藤　昔って世の中はオールオアナッシングでしたけど、今は変わりましたよね。広い濃淡の帯があって、私はこのへん、あなたはここって、スペクトラムでものを考えるようになった。

谷川　やっぱり人間のからだの中には、男性と女性、両方あるんじゃないの？　ことばの上では「男／女」ってバイナリーに分けるようなことしているけど、現実はもっと溶け合ったもんだろうって、オレはわりと若い頃から思ってたけどね。命ってそういうものじゃないのかなあ。オスとメスの両方がひとつになって命なんだから。

伊藤　……すごいなあ。九十歳になるとこの域に達するのか……。

谷川　（吹き出す）歳のせいにしないでくださいよ。

よい戦争詩、ダメな戦争詩

伊藤　私は高校で中原中也に出会い、大学に入ってから詩を書き始めました。ちょうどその頃、七〇年代は谷川さん、凄まじいエネルギーで疾駆されてた時代ですよね。お仕事の質も、量も。

谷川　うん、そうですね。前に「妻子を食べさせていかなきゃならなかったから」って言ったけど（笑）。

伊藤　あの頃に私は詩人としてよちよち歩き出しまして。あの頃の谷川さんのお仕事がほんとにまぶしかった。いつかこんな仕事したいなあと思ったのが、マザー・グースの翻訳。堀内誠一さんがイラストでしたね。私はそれから北米先住民の口承詩や説経節、お経といった口承文芸に興味を持つようになるんですけど、そこには、谷川さんのマザー・グースの影響も絶対にあると思う。それから河合隼雄さんとの『魂にメスはいらない』[※3]、朝日出版社のレクチュア・ブックスの一冊ですよね。学者と文学者が対話していくシリーズ。ああいうの、ほんとにかっこいい、やりたいと思った。それから糸井重里さん、なんだかあの頃、谷川さんと糸井さんがものすごく近いと、もしかしたらかぶってるみたいに感じてました。西武とかパルコとか「ぱるこ・ぱろうる」とかを場にして。

谷川　糸井さんとはとても近かったねえ。自分でもそう思っていた。むしろあの頃、現代詩より糸井さんのほうが自分に近いと感じていた。日本語の使い方かな。糸井さんの人としての在り方も近かったし、彼のつくり出すことばが、同業のほかのコピー

伊藤　ライターたちより、僕たちの、「詩」というものに近かったんだと思う。やっぱり。あの頃の谷川さんの、詩の世界から飛び出していく、厭離穢土《おんりえど》みたいに飛び出して行ってるような姿勢って、ものすごく影響をうけたものかもしれません。あの頃、私は谷川さんの詩集を買って読み始めた。『夜中に台所でぼくはきみに話しかけたかった』[※4]や『定義』[※5]が一九七五年、『タラマイカ偽書残闕』[※6]が七八年。詩の上で影響をどっぷり受けたとは思ってないんですけど、でも、谷川さんの詩人としての生き方、くり出してこられる詩のかたちは、ほんとうに魅力的でした。なけなしのカネをはたいて、谷川さんの詩集を買いましたね。

谷川　今はあの頃に比べれば、ことばの鮮度と言えばいいか、内発的な力がやっぱり違ってきていますね。単純に、年齢のせいだと思います。

伊藤　七〇年代って、谷川さんの四十代ほぼ全部ですもんね。

谷川　うん、あの頃は詩が面白くて、何か新しい詩を書いてやろうというのがあった。

伊藤　出すものが毎回、違う方向性でした。

谷川　今はもう、そういう野心がないもんね。どういじってみてもこんなもんじゃないか、日本の現代詩は、って思うわけ。

伊藤　あ、そのときに「現代詩」っていう意識があるんですねー。

谷川　初めからありましたよ。現代詩っていうより、同時代の詩ですね。

伊藤　現代詩って何なんだろうって思っちゃうんです、私。

谷川　ことばがよくないもんね、現代詩って。

伊藤　戦後詩とも言うでしょう。

谷川　あれはもっとよくないよね。

伊藤　同時代詩って言ったらいいのかしら。「現代詩」といったら対応するものは「近代詩」がある。現代詩と近代詩を分けへだてるものがすごく大きくて、沼みたいなどろどろの亀裂があると……思われません？

谷川　全然思いません。

伊藤　えっ！　つまり、戦争というものが……。

谷川　戦争がそんなに詩に影響しているとは思っていませんから。

伊藤　え――。私は戦争の記憶ってものすごく強烈で、その反省をみんなが引きずって、それで現代詩が始まったんだと思ってました。

谷川　現代詩が始まったって、いつの戦争の話？

伊藤　第二次世界大戦です。

谷川　第二次世界大戦を引きずっているわけか。

伊藤　それがホラ……「荒地」の詩人たちで、戦争を体験して帰ってきた男たちで、戦争に協力した前世代を批判してっていう。ひとり協力しなかったのが、金子光晴[※7]だったと。

谷川　ほかはみんな協力したの？

伊藤　ほとんどしたんじゃないですか。私、『辻詩集』[※8]とか『詩集 大東亜』[※9]とかっていう、戦争中に出版された詩のアンソロジーを読んだんです。それが、よくこんなもの書いたなって思うような詩ばっかりで。うまく躱《かわ》してるのもあるけど、まあ、ほとんどは、戦争ガンバレの、鬼畜米英みたいな詩。

谷川　そんなにはっきり世代が分かれるのかねえ。オレはその辺があいまいなんですよ。

伊藤　中原中也や宮沢賢治って戦争が始まる前に死んでますよね。だから私たち、何も後腐れなく、中也だ賢治だって言えてるんじゃないかと思うんです。

谷川　戦争に加担した詩を書いたかどうかが、そんなに大きいの？　ちょっと違いますよ、それ。個人じゃないところを非難しているもの。ひとりひとりの詩に対して、これはダメだって言えばすむでしょう。どうして、戦後詩とか戦争中の詩とかっていうくくりで考えるの？

伊藤　そうかー、個人じゃないところか。それはたしかに差別の根本ですね。でも、個人が集まって流れになっていきませんか。

谷川　個人は流れにならないですよ。「ならない」という態度で詩に対して接した方がいいと、オレは思っているんです。単刀直入に言えば。

伊藤　それには百パーセント同意します。でも、あの時代に、詩人たちは「ならない」という態度を保ちきれなかったんでは。個人ひとりひとりが、書いているフリをして、流れに呑みこまれて流されていってしまった。

谷川　書いてるフリだったのかどうか。本当に真面目に書いてたかもしれないでしょう。書いているフリなんかできないんじゃないの？　発表しようと思ったら。

伊藤　うーん、そうですね。よく読んでいくと、この人って本当はこんな詩を書きたくなかったんだろうなっていう詩もあるんですよ。大江満雄[※10]とかね。「きのふ海戦に勝てど／けふ我が方も撃沈さるとおもへ」（「四方海」）って、撃沈されちゃう。何を考えてこれ書いたんだろう。たぶん、書かなくちゃと必死になって向かい合った結果が、これだったんだろうなあっていうのが見えてくるんです。

谷川　うんうん。

伊藤　牧野敬一って詩人がね、「悲しき詩人」ってタイトルで、「僕が詩を書くのでなくて／誰れかゝら作品を貰つて写しを記録してゐるのに過ぎない」って書いてました。こんなのよく詩集に入れてもらえたなと思うくらい。ただその他は、ほとんどが、プロパガンダみたいな、群れて流れに乗ってるような……スイミーみたいな感じ。

谷川　（笑）。三好達治の詩って読んでる？

伊藤　戦争中の詩ですか？　読んでません。いいんですか？

谷川　いいですよ。詩としてよければ、オレは全然、政治的な立場なんかは問わない人だから。「おんたまを故山に迎ふ」[※11]だっけ、英霊って言われてた戦死者の魂を靖国神社に祀るときの詩があるんだけど、すごくきれいな詩ですよ。

伊藤　あ、これですね。たしかにきれいですけど、気持ち悪いじゃないですか。こんなにひとつの意見、ひとつの信念で、まっすぐに突き進んでいっちゃう詩って。

谷川　僕なんか、もしかしたら戦争なんてどうでもいいと思ってるのかもね。「紅旗征戎《こうきせいじゅう》吾《わ》が事《こと》に非《あら》ず」っていうのがモットーの人だから。

伊藤　コウキセイジュウ……何ですか、それ。初めて聞いた。

谷川　本当⁉

伊藤　ごめんなさい。昭和三〇年代の生まれなもので。

谷川　年代は関係ないよ（笑）。あなたよく古典読んでるから知ってるかと思って。要するに政治的なこととか、戦争のこととかは全然オレの知ったこっちゃない、っていう立場で短歌を詠んでいる偉い人がいたの。

伊藤　へえ。藤原定家だ（スマホで検索中）。なるほど、谷川さんもその立場だと。

谷川　基本的にそうなんですよ。戦争はどうのこうのって、そんなことばっかり言ってたら、同時代のリアリティがなくなるわけだから。そういう基本姿勢ですね。もっと根本的なことを言うと、オレ、人間社会があんまり好きじゃないから。

伊藤　同時代のリアリティがなくならないように、書いていくんですね。人間は嫌いでも。

谷川　人間社会がそんなに好きじゃないわけですよ。便宜上ふたつに分けるとして、自分が自然や宇宙内の存在であると同時に、人類社会の中の存在でもあるという、二重性に対して考えるのね。人類社会ではもちろん、自分はカネも儲けるし、俗っぽいあれこれにも手を出すけども、そういうのはわりと表面で、奥というか芯の方をみれば、オレはただの生きものだっていう意識がすごく強い。ただの生きものに過ぎないなら、人間社会に対してどんなひどいことを書いてもいいんじゃないの、と思っているとこはあるね。

伊藤　それが戦争の詩でも？

谷川　逆に、反戦詩だから全部ダメだっていう立場も全然取ってなくて、よい反戦詩とダメな反戦詩があるだけだと思っている。

伊藤　あるいはいいプロ戦争詩とダメなプロ戦争詩がある。それもあり得るでしょう？

谷川　そう、あり得る。もちろんね。

伊藤　ですよね。注文が来たら、谷川さんもプロ戦争詩を書く可能性もあります？

谷川　今の戦争？　書けないよ、難しくて。昔の戦争とはあまりにも違うから。

伊藤　そうですか。

谷川　でも、結論を書かないでいい詩にするんだったら、戦争詩も書けると思うよ。どんなものになるかは、書いてみなけりゃわからないけどね。

ことばを信用していない

伊藤　若い詩人だった頃、詩人の倫理観みたいなものを年上の詩人たちに、阿部岩夫[※12]さんとかなんですけど、教えてもらったなあという記憶があるんですよ。それでこんなに抵抗感があるのかな。谷川さんが戦争詩を書かれるんだったら、大江満雄みたいな艦船に象徴させるようなスタイルでしょうか。

谷川　とんでもない。『へいわとせんそう』[※13]って、わりと評判のよかった絵本があるでしょ。すごく抽象的な形で絵が描いてある、あの感じなら戦争詩が書けるんじゃないかと思うんだけれどね。それならひとつの詩の中で、反戦と戦争と両方が書けるじゃん。どっちかだけを書くってことがおかしいんですよ。

伊藤　なんでです？

谷川　だって、詩はメッセージじゃないんだから。人間にリアリティをもたせるなら、片一方では戦争をがんがんやって、もう片方は戦争反対でってて、両方を書かないとおかしい、本当はね。それが難しくてみんな書けないんだろうけどね。だからオレは、絵本なんかに逃げる。

伊藤　でも、たとえば二〇二一年の一月にバイデン大統領の就任式で、若い女の人（アマンダ・ゴーマン、1998-）が詩を朗読しましたよね。あれってメッセージですよね。

谷川　その場に招かれて、大統領の前で詩を読むってことそのものがもう、メッセージだと思うね。

伊藤　ですよね。とは言え、あの詩そのものもメッセージ性が強くて、それを世間はもてはやしますよね。みんな、メッセージが詩にあるべきだと思っていません？

谷川　そう、みんな思っているだろうね。オレは思っていないよ。メッセージがあるにしても、それをいかに一番深いところに隠すかってことを考えますけどね。

伊藤　ああ、なるほど。私が生きてる、ってことに含まれるメッセージの方が、大事でしょう。自分がここに生きてるってことを、書くわけですね。

谷川　書かなくていい。

伊藤　書かなくていいんですか。

谷川　自分が今ここに生きてるってことから、詩が出てきていればいいの。この頃は結構、ことばから出てきてるものが多いじゃない。

伊藤　ああ！　今のでわかりました。さっき谷川さん、「リアリティ」ってことばを使ったでしょう。同じ意味ですよね。

谷川　そうですね。でもリアリティってことばももう使い古されていてね。だからオレ、この頃は「事実」と「現実」と「真実」というふうに、分けて考えるんですよ。そ

伊藤　この関係がね、うまく書けないんです。

谷川　事実はあったこと、起こっていることでしょう。現実は、今ここにあること……。

伊藤　じゃなくて、誰かが現実だと考えていること。

谷川　では、真実は？

伊藤　もっとうーんと奥の方にあって、古今東西変わらないものなんだけど、今の時代ではみんななかなか見つけられないもの。簡単に言うと、赤ん坊が生まれたってことは真実で事実で、同時に現実なんですよね。本来は三つが重なっているはずなのに、今はどんどんそれが分かれちゃってる。

谷川　赤ん坊って、どんどん変化するものじゃないですか。それも真実？

伊藤　それは第三者から見た真実ですよね。当の赤ん坊が真実だと思っているわけじゃなくてね。

谷川　そうか、赤ん坊っていう存在はここに在るんだ。それは真実なんですね。

伊藤　その存在が、ことばのヘンな鎧をまとっていなければの話ね。言語でそれを言った瞬間から、もう本当の、生《なま》の真実ではなくなってしまう。詩は全部、そこがいちばんの弱点なんですよ。

谷川　なるほど、なるほど。

伊藤　ことばにすると真実から離れてしまう。ことばの上にもう一度、どうやって真実を再構成できるか、みたいな話だと思うんだよね。その真実がまた、フィクションである場合もあるからね。

伊藤　うう。めっちゃ面白いです。

谷川　オレ、「事実・現実・真実」という題名で詩を書こうと思ってるんだけど、書けないんですよ、難しくて。全部「実」がついてるってところが面白いんだけど。「み」でしょ。実るわけですよね。

伊藤　事実、真実、現実……ことばの鎧をまとっていると、いろいろな疑問がわいてくるから書けない？

谷川　そもそも、ことばを発した瞬間から、真実とか現実から離れるんだよね。

伊藤　ことばを発した瞬間、ですか。でもことばを発せずにはいられないじゃないですか。

谷川　もちろん。そのジレンマを生きているのが詩人でしょう。ことばそのものがそういう存在なんですよ。言語を人間がどういう形で発明したのかわからないけど、全然ことばがないところからできてきたわけじゃない？　そのときすでに、ことばは現実から離れてるわけでしょう。現実というものは、ことばでは表現できなくて、全身で受け取るものであって、全身で働きかける対象でしょう。それを今、現代人は特にしないよね、みんな。

伊藤　ことばを発した瞬間に離れるのは現実であり、真実であり、事実からも……全部なんですね。でも、そんなことになっちゃってるのなら、もう絶望するしかないじゃないですか。

谷川　そうなんですよ。絶望しなきゃ書けない。そうじゃない詩人もいっぱいいるけどね。ことばが好きで、ことばを工夫して、駆使して書いているから。

伊藤　そうですね。ことばを信用してるんですよね。

谷川　何かねえ、このくらいの歳になるとね、ことばで書いてることがみんなちゃんちゃらおかしくなっちゃうんですよ。

伊藤　うわあ、そうなりますか。でも谷川さんも結局、ことばを使ってらっしゃる。だから、『虚空へ』みたいに、ことばを削ぎ落としていくんですか。

谷川　いや、そういうこともないんだけど。ことばを使っている、使わざるを得ない馬鹿馬鹿しさってのは十分納得して使っているから、ちょっと違うんですよ、きっと。

伊藤　じゃあその馬鹿馬鹿しさを知らないまま使っている人たちもいると。

谷川　いや、そういう人たちは馬鹿馬鹿しさとは思っていないだろうけど、ことばに対する信用が違うっていう気がするね。オレ、ことばをあんまり信用してないんですよね。

伊藤　ああ、なるほど。それで『虚空へ』には意味、無意味っていう単語がいっぱい出てきたんですね。

谷川　そうそう、無意味の方が好きだからね。

伊藤　好きっていうのは、どういう意味ですか。

谷川　面白いじゃない？　意味って全然つまんないじゃん、真面目で。

伊藤　えー、でも意味がなかったら困らないですか。コミュニケーションも取れなくなるし。

谷川　そう。だから意味はなくちゃ困るものなんですよ。オレ、意味だって大切にはしてるから、ちゃんと詩に書いてるじゃないですか、意味あることを。だけども、同時に無意味の方がずっと実際の存在に近いと思っているんです。

伊藤　あー、なるほど。さっきの「ことばを発した瞬間から、真実や現実から離れる」のお話ですね。

谷川　うん、だからどんないい詩を読んでも、どうしても意味がそこに入ってきてるでしょ。それで深いものもあるんだけど、もっと究極のところは存在にいきたいわけですよ、詩というものは。でもなかなか難しいから、ときどきすごくナンセンスなものを書いてみて、ああ、この方が存在の手触りがあるな、みたいなことを感じたりするの。

伊藤　その「存在」って何でしょうか。

谷川　ことばで言えないものですよ。木とか草とか、空とか何でもいいんです。それ、全部存在でしょ？　それを我われはことばで呼んでしまうから、存在のリアリティがなくなる。それを更に詩で書くと、ますますリアリティが遠のくわけね。だからホントは黙って……寝っ転がって空でも見ていればいいのに、それじゃ商売にならないからさ、ははは。だからことばで一生懸命書く。

伊藤　そのことばから、できるだけ意味を付け加えないようにして、存在を……。

谷川　そうだね。付け加えないどころじゃなくて、今世間に流通してる意味を、できれば剝ぎ取りたいね。でもことばを使ってる以上は無理なことだからさ、詩を書くのではない方向に行けばきっと見つかるんだろうけど。もう今さら、変えられないからねえ。

伊藤　『虚空へ』を読んでみて、〝存在〟っていうのはものすごく感じたんです。存在を、こう、捕まえようとして……。

谷川　あ、ホント。そうやって感じてくれたのはすごくうれしいですよ。

伊藤　ところがね、その存在って、ことばが好きな人が「谷川俊太郎のあのことばがよかったよ」みたいに、一言一句を記憶して人づてに渡していくようなものではないんですよ。それでは、存在だと思ったものがどんどんこう、手のひらからこぼれ落ちていく。

谷川　そう！　そうなんですよねえ。詩を書いててね、あの存在を書きたいと思って、一

伊藤　所懸命あれこれやっているうちに、どんどんこぼれていきますね。そうそう、その感じがあります。谷川さんが表現なさろうとしたのって存在なんだろうなあ、と思うんですけど、全然、私たちに、（一語ずつピン留めするように）残すようなかたちで・ことばを・出してない・のかもしれない。そしてこの——何か、透明なところにどんどん行くような気がして。それって……お歳のせいですか？

谷川　ははは、それもあるかもしれないけど。オレ、詩を書き始めた頃からの流れが、そうなってきてるんじゃないかな。もちろん、歳のせいっていうのも絶対あると思いますね。

年寄りのことばで、子どものフリをする

伊藤　大変失礼なことを百も承知で言わせていただくと、日本の高齢の男性って、感じの悪ーい、昔のオヤジ的な人が多いんですよ。でもね、谷川さんと話していて何が面白いって……そういう、オヤジのオヤジ臭さがないんですよ。

谷川　ああ、それ、私の中の幼児性ですね。年齢というものを直線じゃなくて年輪で考えているんです。で、その中心にはゼロ歳のオレがいるっていう感じ。

伊藤　「アルタースシュティル（Altersstil）」って言葉があるでしょう。ドイツ語ですね、ある表現者の「年を取ってからの表現」っていう意味の。

谷川　ドイツ語？　あ、大江健三郎が晩年のナントカって言ったのと同じだね。古いスタイル、みたいな。

伊藤　そう、英語だと巧い言い方がなくて、“later style”というようです。連れ合いのハロルドがまだ元気だった頃、同世代の詩人のジェローム・ローセンバーグさん夫婦とそんな話をしていました。ハロルドはアーティストで、六〇年代から、絵を描くコンピュータを作っていたんですけどね。最初はぽうっとした原始的な線や形みたいのを描いていたのが、進化していって、木や人をコンピュータが学んで描くようになり、伸びて繁る木や表情のある人の顔なんかも描くようになった。ところが最後の数年、不思議なくらい初期のたどたどしい線や形と似たものを描いた。

谷川　それみんな、プログラムでやるわけね。

伊藤　そうです。一つのプログラム。「元に戻った」感じは、本人も驚いていました。意図してやってたわけじゃなかった。「晩年の表現」っていうかな、まだ生きてたから晩年っていうのは変だけど、とにかくそのいい例を見た気がしたんです。

谷川　うん、そうなのかもね。

伊藤　もちろん谷川さんはまだ晩年とは言いませんよ。これから十年ぐらい書いていっていただかないと困りますし……。

谷川　（微笑みつつ）余計なお世話です。

伊藤　いえ、読みたいです。でも、今のこの状態でさえこの高みなのに、もっとすごいものになったらどうなるんだろうって……。

谷川　あのね、元へ戻るっていう感覚、僕はわかりますね。二度童《にどわらし》って人に言うんだけど。子どもに戻るっていうのが、歳を取ることの一側面であることは確かだなって、僕は思ってますね。

伊藤　いま、子どもの声で詩を書かれることがあるというお話ですけど、子どものときにも同じようなものを書いてらっしゃいました？

谷川　書いてません。そんなの当然、書けませんよ。だって歳取って子どもに戻るときは、ちゃんと年齢の知恵ってものを携えて戻ってるわけだからね。普通の子どもが書くのと同じにするのはもちろん不可能だから、子どもの真似して書くんです。子ども心を持って、年寄りのことばで書いている。

伊藤　年寄りのことばというと？

谷川　年寄りってほら、わりといろんなものが削ぎ落とされてくるじゃないですか。だからちょっと、子どもに近づけるんですよね。

伊藤　子どもの声で書いていても、何かね、「子どものフリをしているが、ぼくは子どもではない」みたいな……すみません！　谷川俊太郎から声をお借りしました。詩を読んでいて、何か谷川さんが出てきた！　って思う箇所もあります。

谷川　ときどき出ていますよね。というより、意図的に出してるところもありますね。

伊藤　やっぱり。どういうところですか。

谷川　僕、基本的に詩はフィクションで書いてるって言ってるでしょ？　そうなんだけど、ときどき本音に近いものがふっと出てきたら、ここは本音だよって、一ヵ所くらい入れておきたいわけです。……というより、読んだ人に、ここでちょっとオレの本音を聞き取ってほしいと思うところがありますね。いつもフィクションで書いてるから。

伊藤　あー、そういうことですか。私、この間から「現代詩手帖」に詩を書き始めてるんですけど、まだ「子どものフリ」っていう域には達してないなあ……。

谷川　そんな早く追い付かないでください（笑）。

伊藤　とにかく、ことばを疑って詩を作っておられる谷川さんのお話を伺って、今日私はものすごく反省しました。

谷川　ええっ、ホント？

伊藤　このところ「現代詩手帖」に書いた詩って、ことばを弄したんですよ。ことばを弄して何かを書こうとしたら、私、もうキャリアあるからうまいし、そこそこ書けちゃうんですよ。でも全体を眺めてみたら、「存在」みたいなものにははるかに遠かったと思うんです。

谷川　誰でもそれはある。心ある詩人は感じているんじゃないの。

伊藤　ですよねえ。だとしたら、ことばを少なく、少なくしていくしかない?……それって、谷川さんくらいにならないと気がつかないことなんですかね。二十代くらいでそれがわかっていたら、もっと精進のしようもあったと思う。

谷川　二十代の頃にわかったら、やめちゃいますよ、きっと。だってオレ、詩を書き始めた二十代の頃から、詩を書くなんて男の仕事じゃない、やっぱりピストルぶっ放して闘うのが男の仕事だと思っていたの。

伊藤　え、そうなんですか。

谷川　つまり、行動が男の仕事であって、認識とか表現はそうじゃないと思っていたわけ。だけど、からだは小さいしピストルなんて持てない時代だからさ。なんか詩、書いてここまで来たんだけどね。芯の芯は、そっちですね。

伊藤　どっかでとっくに振り切ったものだと思うんですけどね、その意識は。

谷川　振り切ってないですよ。それがあるから、詩を書けているんですよ。

伊藤　ウソ!　そしたら、自分がやっている行動は男としてすべからざるもの?

谷川　いや。もう今は男としてって考えないですね、もう老人としてですよ。じいさんとして。だけど、詩がインチキだってことは、はじめから、今でも考えてますよ。

伊藤　今だったら、老人、じいさんとして、ひとりの生物として、この形で一番真実に迫れるじゃないですか、ことばで。

谷川　詩の場合なら、そうだよね。でもことばで真実に迫るのは詩人の話で、ほかの何千何万のじいさんたちは、毎日の生活でそこに迫っているんです。そこで生きざるを得ないのであって、全然ちがう。

伊藤　ことばを用いることで、迫らざるを得ないんでしょう。

谷川　詩を書いているとね。

伊藤　ですよね。そしたら、ほかの商売の人たちよりは、真実に近く迫れませんか？

谷川　ほかの商売の人は詩なんか書かないし、ことばにしないでしょう。ただ職人さんは自分の仕事を一生懸命やってるだけで、そういうほうが、ずっと真実とか事実に迫っていると思いますよ。ものを相手にしていれば。

伊藤　たしかに……。それがリアリティっていうことに繫がっていくんですね。

※１　詩人　1923-1998
※２　小説家　1923-2016
※３　一九七九年
※４　青土社
※５　思潮社
※６　書肆山田

※7　詩人　1895-1975
※8　一九四三年　日本文學報國會編　八紘社杉山書店
※9　一九四四年　河出書房
※10　詩人　1906-1991
※11　『艸千里』所収　一九四〇年　創元社
※12　詩人　1934-2009
※13　たにかわしゅんたろう・文　Noritake・絵　二〇一九年　ブロンズ新社

第6章……仏教のいいとこ取り

伊藤　お経にひたり、鳩摩羅什に会いに行く
谷川さん、『いつか死ぬ、それまで生きる　わたしのお経』[※1]のご感想、わざわざお手紙いただいて……ありがとうございました。

谷川　いえいえ。面白かったですよ。あなたがずっと仏教やってて、行動してるってことは知っていたんだけどね。

伊藤　いやいや、私に信心はありませんって。本、読んでたんですよ。

谷川　あ、本を読んでただけ（笑）。

伊藤　はい、それもひどく非宗教的な読み方で。必要なところだけ手元で開いて、どう書いてあるかをひたすら見るんですよね、次から次へと。信仰もヘッタクレもないです。なんか、業《ぎょう》として読んでいた感じ。

谷川　まあ、何せ私は長々と書くのが苦手だから、あんなに厚い本だと書くのもすごい量だろうなあって、圧倒されるよね。

伊藤　そう、すごい量なんですよ。ホント、お経の翻訳が大変で大変で。もお、やっても

やっても終わらないんです。

谷川　お経ってたくさんあるもんなあ。

伊藤　お経を自分のことばにしていくんですけど、これだけ書くにはこの何十倍の漢語訳や和訳にあたらなくちゃいけないでしょう？

谷川　そうだろうねえ。

伊藤　お経なんてもの、誰が面白くって読みますかって話ですけど、……こ・れ・が、楽しくって。

谷川　そこのところを聞いてみたかったんだよ。お経が何で楽しいのか。自分の人生に引き付けてみて、そう思うわけ？

伊藤　うーん、まず古典がね、面白いんです。

谷川　オレも面白いとは思うけど、そんなにたくさん読む根気はないねえ。

伊藤　この本はもう何年か前に、アメリカでほとんど書き上げてたんです。そのときはアメリカにいたから、日本語で人に会う機会がなかったんですよ。でも私、コミュニケーションは好きでしょ？　誰かとコミュニケートしていたいんだけど、じゃあ、昔の人に会おうかなって。

谷川　ああそうか、それはわかるような気がする。

伊藤　たとえば芥川龍之介が、『宇治拾遺物語』なんかを題材にして小説を書いてますよね。小説だから時間の流れがあって、登場人物のキャラが立って、奥行きが出てくる。私、そういうやり方ってイヤだったんです。

谷川　小説を書く人はみんな、話を作っていって、枚数をいくらでも書くからね。

伊藤　そう、そのとおり、私は、昔の人が語ったものを自分の中に取り込んで、ひたすら凝視していった先に、何か説明できないフィクションみたいなものが立ち上がって、衝撃波が生まれて、そこで世界がゆがむ……この、現代詩という手法で取り扱うしかできなかったんですよね。

谷川　なるほどね。お経の翻訳でも何でも、自分が「詩」と思ったら、それは詩だしね。

伊藤　そうなんですよ！　でね、私は説経節でもお経でも、見聞きするより本で読みたい人間なものですから。読む、読む。読んで、読む。そのうちに、お経の世界で鳩摩《くま》羅什《らじゅう》っていうイイ男に出会いまして。ふふふ。

谷川　クマラジュウ？　昔の人？

伊藤　四世紀から五世紀の人。彼に惹かれてお経をやってきたようなもんです。

谷川　いい男って、写真でもあるの？

伊藤　昔、NHKの「シルクロード」って番組を見てたんですけど、お坊さんの後ろ姿が出てきて、石坂浩二のあの声で「私は鳩摩羅什」って。声だけでも、まあイイ男で、セクシーでなまめかしいんですよ。

谷川　それは比呂美さんの想像力のたまものでしょ？（笑）

伊藤　Exactly!（たしかに！）鳩摩羅什のことばって漢文なんですけど、ざっと読んでると「ああこの人好き♡」って、わかるんですよ。

谷川　ふふん、過去にもそういう経験が多々、おありですか？

伊藤　あります。たとえば、『日本霊異記』を書いた景戒《けいかい》さんとかも、ちょっと読んだときにクラッと……。

谷川　はあ、読んだだけで。

伊藤　あとね、性格は合わないかもしれないんですけど、鴨長明とか。森鷗外、太宰治系の作家ですよ。前にも言いましたけど私、頭がいい男に弱いんです。鳩摩羅什って西域クチャ国の僧で、プリンスだったんですけど、国が前秦に攻め滅ぼされたときに、あまりに頭がよかったので囚われの身になった。サンスクリット語の仏典を中国語に翻訳しろと言われて拒絶したんですが、そこで女を何人も押しつけられて、耐えきれず、ついに破戒して、仏典翻訳をやるようになった。

谷川　無理やり。

伊藤　そう、それで鳩摩羅什は中国に連れていかれて、翻訳工房みたいなのを作って、法華経、阿弥陀経、維摩経……三百巻の仏典を漢訳して死んだ。その女に迫られて破戒ってとこ、ちょっとクラッときませんか？

谷川　要するに自分に引き寄せるとさ、男に囲まれて、死にたいと（笑）。

伊藤　イヤイヤ、そうじゃなくて（笑）。この頭のいい男が生きてた跡を追っかけるみたいにして、鳩摩羅什訳の漢文をずっと読んでましたね。彼が選んだことばのセンス、リズムが、私、漢文は素人に毛が生えた程度なんですけど、それでも突き刺さってきました。

谷川　そういうのを、アメリカでやってたわけだね。

生きるも死ぬるも自然のことわり――華厳教の世界観

伊藤　この本、ほぼできてたんですけど、日本に帰ってきたら大学と学生で忙しくて続けられなくなっちゃって。やっと大学が終わって短期間で集中して見直したんです。だから頭の中が法華経と阿弥陀経でいっぱいになっちゃって。

谷川　それだけ熱中するのって、誰のためなの？

伊藤　わからないですけど、お経に書かれてる漢文、この知らない言語を自分のことばに換えてしまいたい、コントロールしたいっていう意志、ですかね。

谷川　でもそれ、自分のためだけじゃなくてさ、人に読ませるんだから人のためにもなってるじゃない。

伊藤　そこは付加価値ですよ。私が突っ走ってるときは、自分のためです。それでも、わからないままのところはまだまだある。たとえば、阿弥陀仏。阿弥陀様の「阿弥陀」から、それまでにくっついていたいろんなイメージ——供養とか、告解とか——を払拭したくて、私は「むげんのひかり」ってかな書きにして置き換えたんです。

谷川　うん、南無阿弥陀仏の阿弥陀だもんね。「阿弥陀」のままだと、それだけでわかったような気になる。

伊藤　ええ。で、私がわからないのは、阿弥陀様がその「南無阿弥陀仏」って念仏を考えて、それを唱えるものみなすべて救ってやろうっていう誓いを立てた。そしたら『歎異抄』の中で、親鸞が、その誓いについてよくよく考えてみたら、「親鸞一人がためなりけり」って結論を出してる。これがわからなくて。

谷川　わかんないよねえ、そんなの。

伊藤　おお、谷川さんでもそうですか。わかんないですよね。でもそのわかんないのがおもしろくて。そんな感じで頭の中が、親鸞や法然でもいっぱいになってました。

谷川　じゃあ、華厳経はどう？　あれ、難しくってちゃんとは読まないけど、あれがオレには一番ぴったりくる。

伊藤　華厳経ですか！　本は買ったけど、読み切れてないです……。ひとつのちっちゃなものが大きなものに、大きいものが小さなものに……みたいな感じでしょ？

谷川　そんなイメージだね。全部の存在が結びついて、網の目状になっていて、自分もその網の目状の中の一点だと思わせるというところが、ぴったりくるんですよ。表現はすごく派手なんだけど、そういうのはどうでもよくて、人間が全部網の目状にあるという基本的なイメージですね。だから、因果なんていうものもなくて、ただ繋がってるだけ、みたいなね。宮沢賢治の「インドラの網」って童話があるじゃない。世界は全部繋がっていて、そのつなぎ目にきれいな玉があるのがインドラの網だと。自分が何をやろうが全世界に繋がっているって感覚ですね。

伊藤　そうなんですか。すっごく面白い、それ。網の目状って、つまり大きなネットワークということ？

谷川　そう、それがもっと無限なんですよね。だから限界もなく、どこかで止まったりしないで延々と広がっている。

伊藤　でね、一点を見るとそれが全体で、っていう感じ。

谷川　そうなんだよね。

伊藤　私ね、アメリカに行ってから、犬を連れて荒野を歩くようになりまして。目に留まった植物の名前を少しずつ覚えて、種ごとに特徴なんかを見極めて……ってやっていくと、植物の体系が見えてきます。で、日本に帰ってきたら、今度は熊本の河原。コロナ禍になったら河原は人出が多くなって、私は山に行くようになった。山には照葉樹林があって、そこで毎日同じ草や木を見て、イノシシを見る。夜は星を見る。ずっと見てると、植物と植物の関係、あと植物と季節、植物と空の関係とか、クッキリ見えてきて面白い……。

谷川　そういうふうに具体的に動いてるっていうのが、比呂美さんは偉いよ。オレなんか全然、それがないんだよね。

伊藤　たしかに谷川さんは、自然に興味を持って、自然の中に入っていくとか、植物を育てるとかってことはなさってないですよね。

谷川　全然ない。でも、自然というものが一番大きなものだと思っているんです。

伊藤　どういう意味で、ですか。

谷川　今、宇宙旅行が一般の人でもできるとか何とか言ってるじゃない。それと、庭先のツバキがきれいだとか言うでしょ。これがおんなじ自然だって、日本人は考えないでしょう。

伊藤　たしかに、考えないですね。

谷川　英語の〝nature〟には本質、性質っていう意味があるでしょう。日本語の「自然」にはそういう意識はあんまりなくて、だからみんな盆栽とか、紅葉狩り、お花見だ何だと鑑賞しちゃうの。でも、月に着陸したとか、火星に行くの行かないのとか、それも全部、自然なんですよね。もちろん自分も自然、人間であるよりも先に。

伊藤　ああ、よくわかります。日本人の「自然」って、手に取れる、コントロールできる、箱庭みたいなものしかないんだなって口惜しい。

谷川　自分が自然であるってことが大もとにないとダメだと思うようになりましたね。詩にも書いたけど、虚空に帰依する、自然に帰依するというのが好きなんです。一体にはなれないまでも、自然を怖れ敬っていくというね。

伊藤　ひれ伏して、自分を向こうにつなげる、その一部と体感する、ってことですね。

谷川　五体投地なんてまさに、その身体的な表現だよね。

伊藤　"nature"、自然っていうシステムのすみっこに自分がある。宇宙も山や海もあって、動物がいて植物も生えて、地球があって……というシステムが存在する。命が生きて死ぬ、それを繰り返している。その中に自分がひとつの要素として入ってる、と。

谷川　その中に、というのはちょっと違うよね。それだと部分みたいな感じに聞こえる。それそのものが自分だ、って言えないとダメなんじゃない？

伊藤　なるほど！　自然そのものが自分。自分が自然。華厳経ですよ。

谷川　そうそう。だからオレ、華厳経って好きなんですよ。

伊藤　そうか、そこなんだ。やっとわかった……！

谷川　わかった？　すごい頭のいい人だなあ。それが理想なんですよ。

伊藤　でも失礼ですけど、ハッキリ言わなくちゃ、谷川さん個人が、現実に、どんどんお

谷川　歳が重なっていく。からだが弱って、動かなくなって、不自由な部分が多くなって……だんだん機能が失われていく。それは、どんな感じですか。

伊藤　そんなものでしょう。それに沿っていくというのが、一番いいんじゃない？　要するに、自然に帰依してれば。

谷川　そのまんま、ですか。

伊藤　最終的に自然に帰依はしてるんだけれども、ただ日常生活が少し不便だから、少しは自分で抵抗しますよね。

谷川　自然が自分で、自分が自然、と思っていれば、生きるも死ぬるも、ないんですね。

伊藤　ないよね。ないけど、老いとか死とか、経験するのが面白い、というのはありますね。

死への備えがあっても、喪失はつらい

伊藤　最近は私、星にハマってるんですよ。たとえばオリオン座がきれいに見える、とか思っても、そこの一個一個の星たちは、自分が互いに関連づけられて、オリオンなんて呼ばれてるってこと、知らないと思うんです。

谷川　もちろん、そうだよね。

伊藤　もっとすごいのは、空のことを「天空」「天球」なんて言うでしょ。球じゃないも

のを、球と思って名付けてる。そういうことのひとつひとつが、ものすごく愛おしくて。

谷川　愛おしくてね。

伊藤　そういうの全部を、キノコの胞子みたいに全部繋がりあってるような絵に描いてみたいです。地球があって、植物があって、街並みがあって、自分がいるみたいな。

谷川　ええ、どんな絵になるの？

伊藤　私が描けるわけではないんですけど。あとね、たとえば運転していると道路があって、道路標識が出ていて、それを見ると道どうしの関係がぱーっと浮かんでくるでしょう。それが「縁起」なんですよ。

谷川　仏教でいう「縁起」だね。すべての出来事は、あらゆるものがつながった結果である、みたいな話。

伊藤　それです。仏教やっていて、「縁起」ってこれかーって思い至った、あのときの感動と言ったらなかったですね。

谷川　ことばの人だね。オレなんかよりずうっと詩人だ。オレはほら、植物の名前なんかも全然覚える気がないしさ。ひとつのことばっていうものに、そういう思い入れがないんだよね。

伊藤　……何か、詩人に「詩人だ」って言われちゃって、こんなに悔しいことはないですよ……たとえ〝詩の神さま〟に言われたとしても（笑）。

谷川　そうなのかねえ（笑）。

伊藤　それはともかくとして、生きるも死ぬるもないって言いましたけどね。七十歳を前にして、身近な人が、ぽつぽつと病気になったり死んだりする。

谷川　うん。オレなんか身の回りにもうほとんど残ってないよ。

伊藤　ですよね。華厳経式に考えれば、それでおっけー。人が死んでも泣きもしない。でも、つまらないな、いてほしいなって思うことはある。私、幽霊なんかまったく考えない。でも、連れ合いが死んだ後、「ただいまー」って、いつもみたいにドアを開けて入ったら、幽霊でもうれしいなって思って、涙が出ました。

谷川　うんうん。オレも「つまんない」が一番近いな。

伊藤　私は一応、お経というものを通して仏教的な訓練を自分に施している方だと思うんです。

谷川　訓練って、死というものに対する心がまえ、みたいなこと？

伊藤　そう。般若心経で観音菩薩が説いている「空」――からだの感じることや入ってくる情報の処理なんかは、色即是空、空即是色で、一切「ない」のだっていう、そういう考え方は頭に入ってるんですよ。だから、死っていうのは、ホントーに、当たり前のことだとはわかってるんですけど。実はね、親しい友人たちがこの頃、病気になったり死んだりするんです。最初は少し年上の人たちだったけど、だんだん同い年になってきた。何十年も、気持ちの上ですぐそばにいて、いろんな話をしてきた人たちが、一人、また一人と。きわめつきが、谷川さんもご存じの枝元なほみ、一年前に間質性肺炎って言われたんです。私にとってはパートナーといえる人だから。

谷川　ああ、そうなんだね。

伊藤　四六時中そのことを考えているんですよ。

谷川　考えるって、どういう筋道で？　ことばを使って、どういう風に考えてるのか、そのところに興味あるんだよね。

伊藤　何なのだろうか、この感情は、と思って。何でこんなに動揺するんだろうって、自分で自分の感情をね、掘り下げて、探っている感じです。

谷川　親しい友だちが死んでいなくなると思ったら、ってこと？

伊藤　そうですね。たとえば、誰それがいなくなったら「悲しい」ってなるでしょ。この「悲しい」とか「いやだ」って思うのは何なんだろうって考えるんですよ。

谷川　その「何なんだろう」と思う先に、知り合いがいなくなったときの自分をどうすりゃいいかってこと、考えるんじゃないの？

伊藤　もちろんそれも考えました。いなくなったときに、どんな風にして道を歩いて、何を考えるのか……。ってやってるとね、ホントに悲しくなるんですよ。これって何なのか、わからないんですよ。それで、いろいろと本を探ってます。

谷川　何を？

伊藤　まず手っ取り早く手に取ったのが、エーリッヒ・フロム。チョー有名なやつ。

谷川　『愛するということ』みたいなの？

伊藤　そうそう、それ。そしたら、フロムさんが書いてるのは、まず自分というものをちゃんと把握して、それから考える……と。それ、私がいつも言ってることじゃん、さてはＥ・フロム、伊藤比呂美を読んだな、って感じだったんですよ（笑）。

谷川　そうだねえ。

伊藤　本から始めるブッキッシュな人間として、生身の、たとえば谷川さんにこんな話を相談してもしょうがない気がしたんです。だって、谷川さんはきっと、死ぬってことなんかちっとも怖くない、みたいなことを仰るでしょ？

谷川　ちっとも怖くない、なんて言ってませんよ。

伊藤　え、本当に？

谷川　そうは言ってませんよ。怖いかもしれないと思う。実際にそういう場面になったら。

伊藤　……うそ！

谷川　ホント。でも、その怖いってだけじゃなくて、むしろ楽しみですね。どういう世界に行くんだろうとか、自分はどういう状態になるんだろうとかいうことに、興味は持ってるんだよ、少なくとも。死って「無」だとは思うけど、じゃあ無ならそれは何だろうと。でももう死んじゃってるから、もし何かわかっても誰にも言えないんだけど。

伊藤　それは、言えませんよね。

谷川　自分が死ぬのも怖いの？

伊藤　いいえ、全然考えてないです。と言うか、怖くないですよ。ある意味、楽しみ。谷川さんみたいですけどね。どんな風なんだろうなって思います。だけど、親しい存在がいなくなるってことは、どういうわけか、そういう風にはとても……。

谷川　サルトルが死んだときにボーヴォワールが「死は暴力だ」って言ったじゃない。あんな感じがどこかにあるってこと？

伊藤　絶対ないとは言えないかもしれない。それでちょっと自分でも戸惑って。そうか、ボーヴォワールさんに聞かないとダメか。E・フロムさんに聞いてみたけど、相手を間違ったなと思ってました。で、今度はユングさんに聞きに行こうか、そこに行ったら華厳経につながっていくかな、谷川さんに近くなるかなーと思って。

谷川　それなら中沢新一の『レンマ学』[※2]がおススメです（本を差し出す）。

伊藤　（見出しを見て）大乗仏教、ロゴス的知性、ユング心理学とレンマ学、量子論……すでに読む前から難解ですねえ。こんなのするする読めちゃうんですか！

谷川　端から熟読するんじゃなくて、断片的にさーっと流し読みすると、何か心に引っかかったりするから、それで十分だよ。

伊藤　それでいいんですか、じゃ私にもできる。私、お経を読み始めた頃、何にもわからなかったんですよ、ほんとに何にも。それで十年の間、わかんないわかんないと思って読んでたらね、少しずつわかるようになったんですよ。

谷川　じゃ、あと十年でレンマ学もわかるんじゃないの？

伊藤　そうなんです！　でもそれじゃ私、八十近くなっちゃうから、谷川さんに奥義を伝授していただいて、十年を二年くらいに早めたいな、と。

谷川　それじゃカンニングじゃん、どうしてそんなに急いでるの？

伊藤　だってあと、いくつ仕事できるかわからないし……。詩人の業《ごう》です。夢中になって話していたら、ずいぶん時間が経っちゃいました。お疲れじゃありません？

谷川　うん、疲れてはいないよ。もう無理はしないようにしているしね。

伊藤　それ、大事だと思います。私も最近姿勢が悪くって、歩くときに首が前に出てるって言われたんですよ。ときどき行ってる鍼の先生に聞いたら、「それは心臓を守ろうとしているからであって、前屈みになってるのはそれが楽だからですよ」って言われたの。その考え方がめちゃくちゃいいな、と思いましたね。

谷川　そうだよね。だから、からだに聞いた方がいいってことありますね。

伊藤　理想はもっと高いとこにあるかもしれないけど、でも私たちは地に足のついたところにいるんだし、この差を埋める必要ってないんです。華厳経ですよ。

谷川　全部華厳経か（笑）。

※1　二〇二一年　朝日新聞出版
※2　二〇一九年　講談社

第7章……九十代、老いは進化する

老いてから得られる、成熟の表現

伊藤　谷川さん、やっぱりもう少し、「老い」それから「死」について、お話を聞かせてください。前にも言いましたけど、私まだ、谷川さんが晩年だとは毛頭思っていないんですけども。

谷川　晩年ですよ、大晩年。

伊藤　谷川さんもやっぱり感じるんですか？「老い」というもの。

谷川　もちろんですよ。でもねえ、七十代で使っていた「老い」ということばと、八十代後半から使う「老い」とは全然中身が違いますね。

伊藤　ああ、それ全然違うかも。「老い」っていう用語ひとつしかないから使っているだけで。

谷川　そう、七十代くらいだと、自分の体感として「老い」ってものがあんまりないんですよ。概念としては老いていくものだってわかってはいるけど。それが今は、「老い」が完全にからだに結びついているね。

伊藤　それは、死、ということ？

谷川　（クスッと笑って）じゃなくて、足が弱ったとかね。目は白内障の手術して何か入ってるし、歯はインプラントだしね。そういう風に自分のからだがどんどん変わってきたのが、八十歳とか、七十代の後半かな。その辺から自分の老いが実感としてわかるようになってきましたね。

伊藤　私も『ショローの女』ってタイトルつけたときに、自分が初老だって自覚して、閉経後の自分を見つめてきました。

谷川　うん、あの本はちゃんと始めから終わりまで読んだけど、あの文体は日々の文体だね。オレなんかは時代の文体みたいなのを書いてきちゃってるんですよ。それで、比呂美さんの文体でオレの生活を書いてみようとしたら、書けないんだよねえ。オレもう歳だからさ、結構日々の生活の人になってるわけでしょ？　時代の生活とか年月の生活とか、わりとどうでもよくなってるから、『ショローの女』はすごく面白かったの。

伊藤　ありがとうございます！　谷川さんが感じ始めた頃の老いって、私があの本に書いたような感じじゃなかったですか。握力がなくなって、父が愛用していたフタ開け用の補助具が手離せない、とか……。

谷川　そう、その頃は自分でも全然気にしてなかったから、何もことばに残さなかったけど、今考えたらまさにそうですね。

伊藤 私、谷川さんの「私は、ナントカの老人です」っていうのがすごい衝撃的だったんですよ。あ、こういう風に書けばいいんだと思ったの。すっごい有名な詩。

谷川 「私は背の低い禿頭の老人です」。「自己紹介」※1っていう詩ですね。

伊藤 そうです！ それから、佐野さんの晩年に近いご本だったかな、「私はセックスレスの老人だ」みたいに書いてあったんですよ、ご自分のこと。あれもショッキングで、ものすごく面白くて。ああ、こうやって自分を客観視していくのが、我われの仕事なんだなあって突き付けられましたね。だって普通は書かないじゃないですか、そんなこと。

谷川 そう？ オレ、昔書いた「自己紹介」の詩を見返してみたら、全然違う書き方をしてるのね。だから「背の低い禿頭の」なんていうのは、七十代になったから書けたんだなと思うね。

伊藤 ですよねえ。だってあの、私が大好きな「なんでもおまんこ」※2の詩、あれも七十歳過ぎてからでしょう？

谷川 かもね。ちょっと若い頃は書けないねえ、逆に。

伊藤 そうそう。こういうお育ちの方が、ああいう表現にいくんだ。これじゃドブ板育ちと変わんないじゃないの！ とか、ちょっと思いました。

谷川　いや、そこは全然違うと思うけど（笑）。

この世が退屈になってきた

伊藤　これまでお話をうかがってきて、谷川さんという方は際立って健やかでいらっしゃる。その本質というのは健康性にあるのかも、っていう気がしてきました。

谷川　それはもう、ＤＮＡのなせるわざです。うちの父は九十四歳まで生きて、頭はしっかりしたまま、一日も入院せずに死んだんです。九十一歳のときには、オレが付き添って、バルセロナまで行ったんですよ。

伊藤　え、お父さま、九十歳過ぎてヨーロッパですか。観光で？

谷川　彼は美しいものを愛する風流人《ディレッタント》でしたから、美術館に行くっていうのが目的でした。自分の骨董か何かを売って旅費を作って、わざわざ飛行機は一等のキップを買ってさ。オレもついて行って、バルセロナに着いた。ロマネスク美術館の前まで来たと。そしたら「行かない」って言い出したわけ。

伊藤　ええ？　目の前まで行ってるのに。

谷川　そうなんだよ。オレはカッとなって、こんなにカネ使って、オレが一生懸命気も使って介護して、連れてきたのになんで行かないんだ！　ってもう、ものすごく頭にきたんですよ。――でも今、彼の心情がすごくよくわかるの。

伊藤　え、どういうこと？　その心情とは？

谷川　疲れたんですよ。

伊藤　疲れたんですか！

谷川　そう、簡単に言えばね。あんなに楽しみにしてたものでも、ちょっともう、美術館なんかを見て回る根気がないって感じになったんだと思う。

伊藤　そうでしたかー。お父さま、そのときにどういうことばで仰ったんですか。

谷川　あの人はね、そういうところ、全然人の気持ちなんか考えないからさ。ひと言「疲れたから、今日はちょっとやめよう」なんて絶対言わない人なんですよ。「いや、もう見ない」って、それだけ。こっちはこっちで「何でだよ！」なんて追及したりはしない、そういう父と子だったからね。

伊藤　それを、今は理解できると。

谷川　すごくよくわかる。だいたいオレ、今、たとえ息子がついてきてくれたとしても、スペインまで行く気力なんか全然ないからね。九十一歳でスペインへ飛行機に乗って行こうとしただけでも、偉いなあと思ってる。オレね、詩の朗読会を中国でやったとき、中国人が列も作らずにワーッと大人数でこっちに殺到してくるんだよ。で、もう死ぬ思いで一生懸命サインして帰ってきて、何日か寝込んだもの。八十五歳くらいのときかな。息子にも言われたけど、そこから自分でもガクッと老いたような感じがしてるね。

伊藤　いきなりガクッと落ちるみたいなのはありますね。うちの連れ合いも八十代の半ばのとき、故郷のイギリスにふたりで旅行したとき、そのときもわざわざビジネスクラスで行ったのに、飛行機の中で横になるのも辛いといって、そこから老いの階段を三十段くらい転がり落ちた感じでした。高齢者の体調って、なだらかに下降していくんじゃなくて、水平に現状をキープして、あるポイントでガックンと落ちて、そこからまた少し真横にいって……の繰り返しだなって思います。

谷川　うん、そうかもしれないね。

伊藤　それってからだの問題だけど、心の問題でもあるでしょう。今ね、何でもみてやろう、みたいなお気持ちは……。

谷川　全然ないですよ。でも父はまだそういう気持ちがあったんじゃないのかな。逆に、自分のからだのことをちゃんと把握できていなかったって気がしますね。

伊藤　父がね、四月に死んだのですけど、その年の桜の頃、満開できれいだから、クルマで見に行く？　って誘ったら、「いや、いい」って。「去年見たから」って。

谷川　いやあ、よくわかります、その感じ。

伊藤　ハロルドもね、夕陽のものすごくきれいだった夕方に、「見に行かない？」って誘ったんですけど、「いや、いい」って。なんで見ない⁉　って、やっぱり思いました。

谷川　あのねえ、全体にね、この世が退屈になってるんですよ。主には人間社会が退屈なんだけど、自然もね。美しい自然を見ればいまだにやっぱり心は動かされるんだけど、それも九十年間見てると、ちょっと退屈なんだよね。この間も連れて行ってくれる人がいて、富士山をわりと近くで見たのね。よく晴れていて、すごくきれいでさ、感動したんですよ。あんなに間近で見ることってあんまりないから。だけど、昔だったらもっと感動したに違いないんだよね。

伊藤　ああ、そんなものなんですね。

谷川　全体的に味とか匂いとかも含めて、感覚ってものが鈍くなってるからねえ。

伊藤　そしたら谷川さん、生きるって、どんな欲望があってのことですか。

谷川　別に、欲望で生きてないですよ。惰性で生きてるの。

伊藤　だとすると、じゃあ、もし今死んだとしたら……。

谷川　（微笑）別に何の問題もないけど。あなたの本の題名通りですよ、『いつか死ぬ、それまで生きる』って。

年寄りと死体が好き？

伊藤　谷川さんは、ご両親の死に目に立ち会われたんですか？

谷川　いや、立ち会ってないんですよ。母親が死んだときは、認知症で長く入院してたのもあって、事務的に「ああ、これで少し落ち着いたな」って。悲しみはなかったね。子どもの頃に一番の恐怖だった母親の死に、実際直面したら、全然平気な自分がかえって不思議だった。

伊藤　すごい……。お父さまは。

谷川　死んだ後に「父の死」[※3]（二一六ページ参照）っていう詩を書いたね。あの詩で、自分がそのとき感じていたことはだいたい書けたと思っています。

伊藤　これ（手元に探して）……初出で読みました。衝撃でした。これは、たしかに、書けた、と思われるでしょうねえ。ところで、私、恥ずかしい話なんですけど、動物でも虫でも魚でも、死骸が怖くって触れないんですよ。谷川さんはどうですか。

谷川　まあ、怖いけど触れますよね。

伊藤　だから人の死骸も怖いだろうとずっと思ってました。

谷川　あなた自分の親もダメだった？

伊藤　大丈夫だったんです。できないんじゃないかと思ってたんですけど、触れて、よかった、できたと。

谷川　すごく冷たくなかった？

伊藤　ものすごく、冷たかったです。びっくりしました。あれ、温かかったときの記憶があるからなんですかね。

谷川　ん、そうだね、きっと。我われは観念で冷たいと思うのかもしれない。オレ、最初に死んだ人を見たのが子どもの頃だったから、余計に何か、ショックだったね。

伊藤　どなたですか？

谷川　母方の祖父ですね。家に着いて、顔に覆いがかかってるのを取って、見て、触ったんじゃないかな。冷たいし、硬いし……だから余計にギョッとなった。

伊藤　確かに。なんであんなにギョッとするんだろう。

谷川　僕の場合は、新幹線がない時代だから京都まで時間がかかって、祖父が亡くなってから一晩経っていたからね。

伊藤　一晩経ったら、余計にね。硬さで思い出したんですけど、アメリカで、末っ子が小学生だったとき、オカメインコがコップの水に溺れて死んだんです。水を飲もうとして逆さまに入っちゃって。私ほら、触れなくて、騒いでたら連れ合いが出てきて引っ張り出してくれた。で、何時間かして娘が学校から帰ってきて、見て、触って、「ぶらーっとしてた、つめたかった、かたかった」って、日本語で言ったんですよ。定型詩みたいだな、すごいなって思いましたね。

谷川　あなた、若い頃から、〝ネクロフィリア〟だったよね。

伊藤　はいっ？

谷川　ネクロフィリア、死体愛好家。ずいぶん若い頃から、それ公言してたよねえ。

伊藤　アタクシですか？　いいえ（すました作り声）……あっはは。

谷川　ごまかさないの（笑）。死体が大好きだって……。

伊藤　……大好き（笑）。

谷川　「年寄りが好きなんだけど、もっと言えば死体が好き」って言ってるの、オレははっきりと聞いたよ。

伊藤　ふふ、ネクロフィリアを公称してましたけどね、好きっていうより興味があったんですよ。でも実際は死体を見たことがなかったの、親の死まではね。そこらへんに動物とか虫の死骸があっても怖くって近寄れもしない、でも関心はすごくあって……。

谷川　そこから人体の解剖に関心が向いたりはしない？　解剖に立ち会ったことはないの。

伊藤　ないですよ。ありますか？

谷川　うん、僕の知り合いが死んで、従兄弟が医者だったんで、呼ばれて見に行ったんですよ、解剖を。ある程度進んだとこから見たんだけど、本当に肋骨が〝舟〟なんですよ。舟の構造を肋骨っていうの、なるほどなあと思った。今にも浮かびそうで。

伊藤　魂を舟が運んでいく、って言い方はまさにその通りなんだね。

……気持ち悪いとかは。

谷川　あんまり感じなかったな。わりといっしょに仕事してた男だったんだけど、顔なんか普通にそのままで、ただ死んだって感じだから。

伊藤　うわあ、なんだろう。私だったら、親しかった人が、死んで、そんなふうに開かれてたら、ものすごい衝撃だと思うんですけど。

谷川　そう思うでしょ。まぁ他の人はわからないけど、オレはそうじゃなかったんだよね。

父の死

谷川俊太郎

私の父は九十四歳四ケ月で死んだ。

死ぬ前日に床屋へ行った。

その夜半寝床で腹の中のものをすっかり出した。

明け方付添いの人に呼ばれて行ってみると、入歯をはずした口を開け能面の翁《おきな》そっくりの顔になってもう死んでいた。顔は冷たかったが手足はまだ暖かかった。

鼻からも口からも尻の穴からも何も出ず、拭く必要のないくらいきれいな体だった。

自宅で死ぬのは変死扱いになるというので救急車を呼んだ。運ぶ途中も病院に着いてからも酸素吸入と心臓マッサージをやっていた。馬鹿々々しくなってこちらからそう言ってやめて貰った。

遺体を病院から家へ連れ帰った。

私の息子と私の同棲している女の息子がいっしょに部屋を片付けてくれていた。

監察病院から三人来た。死体検案書の死亡時刻は実際より数時間後の時刻になった。

人が集まってきた。

次々に弔電が来た。

続々花籠が来た。

別居している私の妻が来た。私は二階で女と喧嘩した。

だんだん忙しくなって何がなんだか分からなくなってきた。

夜になって子どもみたいにおうおう泣きながら男が玄関から飛びこんで来た。

「先生死んじゃったァ、先生死んじゃったよォ」と男は叫んだ。

諏訪《すわ》から来たその男は「まだ電車あるかな、もうないかな、ぼくもう帰る」と泣きながら帰っていった。

天皇皇后から祭粢料《さいしりょう》というのが来た。袋に金参万円というゴム印が押してあった。

天皇からは勲一等瑞宝章というものが来た。勲章が三個入っていて略章は小さな干からびたレモンの輪切りみたいだった。父はよくレモンの輪切りでかさかさになった脚をこすっていた。

総理大臣からは従三位というのが来た。これには何もついてなかったが、勲章と勲記位記を飾る額縁を売るダイレクトメールがたくさん来た。

父は美男子だったから勲章がよく似合っただろうと思った。

葬儀屋さんがあらゆる葬式のうちで最高なのは食葬ですと言った。

父はやせていたからスープにするしかないと思った。

*

眠りのうちに死は
その静かなすばやい手で
生のあらゆる細部を払いのけたが

祭壇に供えられた花々が萎《しお》れるまでの
わずかな時を語り明かす私たちに
馬鹿話の種はつきない

死は未知のもので
未知のものには細部がない
というところが詩に似ている
死も詩も生を要約しがちだが
生き残った者どもは要約よりも
ますます謎めく細部を喜ぶ

*

喪主挨拶　　一九八九年十月十六日北鎌倉東慶寺

祭壇に飾ってあります父・徹三と母・多喜子の写真は、五年前母が亡くなって以来ずっと父が身近においていたものです。写真だけでなくお骨も父は手元から離しませんでした。それが父の母への愛情のなせる業だったのか、それとも単に不精だったにすぎないのか、息子である私にもはっきりしませんけれども、本日は異例ではありますが、和尚さんのお許しをえて、父母ふたりのお骨をおかせていただきました。母の葬式は父の考えで、ごく内々にすませましたので、生前の母をご存知だった方々には、本日父とともに母ともお別れをしていただけたと思っております。

息子の目から見ると、父は一生自分本位を貫いた人間で、それ故の孤独もあったかもしれませんが、幸運にかつ幸福に天寿を全《まっと》うしたと言っていいかと存じます。本日はお忙しい中、父をお見送り下さいまして、ありがとうございました。

＊

杉並の建て直す前の昔の家の風呂場で金属の錆《さ》びた灰皿を洗っていると、黒い着物に羽織を着た六十代ころの父が入ってきて、洗濯籠を煉瓦《れんが》で作った、前と同じ形で大変具合がいいと言った。手を洗って風呂場のずうっと向こうの隅の手ぬぐいかけにかかっている手ぬぐいで手を拭いているので、あの手ぬぐいかけはもっと洗面台の近くに移さねばと思う。父に何か異常はないかときくと大丈夫だと言う。そのときの気持はついヒト月前の父への気持と同じだった。場面が急にロングになって元の伯母の家を庭から見たところになった瞬間、父はもう死んでいるのだと気づいて夢の中で胸がいっぱいになって泣いた。目がさめてもほんとうに泣いたのかどうかは分からなかった。

晴れたある日に悲しくなった

伊藤　先日、朗読会やったら、古い知り合いの、ルポライターの小田嶋隆さんも来てくれたんです。[※4] 彼は私と同じ東京北部の、ご近所で生まれ育って、私の一歳下で、今住んでいるのもその辺り。数年前からガンで闘病中で、会場には奥さまがついてこられてた。

谷川　ほお、そうなんだ。

伊藤　それでね、そのとき言われたんですけどね、「最初に手術した後、早稲田でばったり会ったとき、比呂美さんが『死ぬってどういう感じ？』と聞いてきた」って言うんですよ。

谷川　ええー、人非人《にんぴにん》じゃない。

伊藤　自分でも人非人だなと思って、衝撃的でした。ホントにそんなこと聞いたのって念を押したら、「ホントに聞かれた」って言うし、聞きそうだなとも思ったし。で、何て答えたのって聞いたら「怖くはないけど、死ぬ間際の苦しみがイヤだ」って。

谷川　そうだよね。誰でもそう思うよね。

伊藤　ですよね。それでね、この間もやっぱり「今もそう。頭がこのクリアなままでずっといくなら、死ぬのは怖くない」って。死んだあとは？　って聞いたんですけど、

「それは考えてない。考えないようにしているのかもしれない」と。小田嶋さんのことばは信頼してきたから、ものすごい重みがあったんです。そして私は、枝元なほみのことを考えるわけ。

谷川　そうねえ。枝元さんも同じ年で、やっぱり病気しているんだったね。

伊藤　枝元の病気がわかったとき、私、かなり考え込みました。本人はもっとだろうけど。病気を調べていったら、平均余命が何年とかいうのが出てきたんですよ。あのときはもうホントに、どういうことだろう、どうしたらいいんだろうって。誰でもない誰かならともかく、旧友の親友の盟友のあの枝元のことですよ。

谷川　そういう「あと何年」みたいなのを、信じちゃうわけ？

伊藤　だってこれ、科学的な、医学的な統計なんですよ。

谷川　科学的な統計を信じてるんですね。

伊藤　え。信じないんですか。……谷川さん、教えてくださいよ。信じないのなら、一体どう考えたらいいんですか？

谷川　そんなのいい加減に思っていればいいじゃん。一年かもしれないし、十年かもしれないし。

伊藤　そうなんですよ。診断されてから二十年生きましたという人の話も聞きました。

谷川　じゃあ大丈夫じゃん、それこそ科学的事実なんだから。

伊藤　枝元と私、お互いに、このままあと二十年とか三十年とか、それこそ谷川さんくらいの歳になるまで一緒に生きて、「ああ、そろそろ死ぬかなー」なんて言い合ったりするはずだったんですよね。

谷川　そんな予定だったの（笑）。

伊藤　寂聴先生、石牟礼（道子）[※5]さん、うちの親やハロルドとかみんな、八十代、九十代まで生きてたでしょ。だから私たちだって、あと二十年くらいは余裕かなって。で、二十年ってことは、まあ永遠ってことでしょう？

谷川　知りませんよ、そんなこと（笑）。二十年が永遠だなんて誰も思ってやしないでしょう。

伊藤　いや、人は思ってると思いますよ。二十年って、要するに真剣には考えてないってことですからね。つまり死ぬことなんか考えてない。つまり死なないと思ってるってこと。そこへいきなり「ハイ、ここまで」みたいなのを突き付けられたわけで、そりゃあギョッとして、気持ちをすっかり持っていかれちゃったんですよ。

谷川　いや、偉いねえ。そんなに友だちが死ぬことが気になるなんて。オレ、全然平気だから。もう死んじゃってるのが多いけどね。転んで骨折したのとか、ガンが再発したやつとかいろいろいるけど、いちいち気にしてられないよ。どれも結局、自然の中の……草が枯れたり木の実が枝から落っこちてきたりするのと同じだから。そういう感じなの、オレは。

伊藤　でも私くらいの、六十代の半ばのときでもそうでした？

谷川　……だと思いますね。その頃はあんまり、死なんてことを考えてなかったから。たとえば武満徹[※6]なんかが死んだ頃ですよね？　ま、ある程度、精神状態は変わりますね。

伊藤　どういうふうに変わるんですか？

谷川　うん、とにかく死んだ当日っていうのは何ともないんですよ。どうってことないと言うか。それでね、一年くらい経った頃かな、とにかくいい天気で、日差しがすごくきれいだった。そのときに急に悲しくなったの。

伊藤　なんでです？　アイツはいないんだってふとしみじみ思って、泣いたとか。どういう感じなのか、知りたいです！

谷川　涙が出たかどうかは覚えていないんだけど、「死んだ」ってことがなんか腑に落ちたんですよ。うん、それがやっぱり、こころよかった。それは詩にも書けないんです。どういう感じなのか知りたいって言われても、難しいんだよね。

最期は息を引き取る？

伊藤　亡くなる瞬間のことを「息を引き取る」って言うでしょう。死に目に立ち会っていたら、〝そのとき〟が来たってわかると思うんですよ。

谷川　いやオレ、友だちが自宅で静養してたのを見舞ったら、その場で死んじゃったことがある。その瞬間っていうのは、わからなかったけどね。

伊藤　もう危ないからお見舞いに行ったみたいなことですか。

谷川　それがそうでもなかったんだよね。彼に意識はなくて、寝ているベッドのそばに座って奥さんとしゃべってたら、息をしなくなったの。

伊藤　谷川さん、その人のことを見てました？

谷川　うん、チラチラ見てた。でもその瞬間っていうのは覚えてないんですよ。

伊藤　そういうこともあるんですねえ。私の父は、絶対入院しないって決めて、自宅でヘルパーさんたちにお世話になりながら生きてたんですけど、ある朝、「息が苦しい。入院する」って、病院に行ったんですよ。私、締め切りを何とか終わらせて、急いで行ったら、まだ息をしてて、いろんな管で機械につながれてて、すー、はーって、吸って吐いてを二回繰り返した。私もいっしょになって吸って吐いて、してたんです。で、三回目に息を吸って、次は吐くかなと思って見てたんですが、しない。そこにお医者さんが「伊藤さん、息してません」って駆け込んできて、その瞬間だったんです。

谷川　じゃ、やっぱり息を吐く前に「引き取った」感じ？　こう、吸って亡くなった……。

伊藤　すーはー、すーはー、すー、で、おしまいだったような。
谷川　やっぱり息、吐いてた？　息を「引き取る」って、あれ、ホントにそうなのか、興味があるんですよ。
伊藤　引き取るってどういう意味ですか。
谷川　息を引いて取っちゃうわけでしょう。吸い込んで死ぬかどうかっていう意味。その最後の吸う息で、死を呼び込んだっていう言い方もあるみたい。
伊藤　あれー、わかんなくなってます。ハーって吐くのは聞こえた。それで、スーって吸い込む音も聞こえた。
谷川　じゃ、ホントに引き取ったのかもしれないね。
伊藤　ああ、ちゃんと見ておけばよかった。でも父が死んでからずっと、吸って、吐く息が来なかったと思い込んでいたから、そうだったのかもしれませんね。
谷川　寺山修司のときは、ずっと意識がなくて、人工呼吸器を付けていたんですよ。だから医者が呼吸器をはずすまで、いつ死んだかわからなかった。それではずしたときに死の宣告をする。つまり、素人が見てもわかんないんだよ。人工呼吸器で息はしてるんだけど、たぶんその前にもう亡くなってたんだと思うよ。
伊藤　ああ、じゃ、息はしてたんですね、ずうっと。
谷川　息はね、機械がさせてたから、彼が息してたとは言えないね。医者が、そろそろこれをはずさせていただきますって言って、はずしたら静かになったんですよ。

伊藤　はあ、その時点で死んでいると。あ、じゃあ、死体でも人工呼吸器を付ければ、息をしちゃうんですか。

谷川　うーん、少なくとも息をしてるようには見えるね。

伊藤　すごいですねえ、いろんな死に方がありますねえ。谷川さん、たとえば別れた奥さま方が亡くなったあとって、どう感じました？

谷川　みんな別れてずい分経ってたし、それぞれそんなに感慨みたいなものはなかったね。最初の奥さんはその後も同じ業界にいた状態で亡くなったから、こっちは絶対何か書かされるだろうと思って、感慨とかそんなことよりそっちの方を考えちゃうんだよね、オレは。

伊藤　追悼詩っていうか、哀悼詩、いっぱい書かれてますもんね。

谷川　オレ、前に佐野洋子に悪口言われたんだけどね。友竹正則[※7]っていう詩人で声楽家のすごく親しかった友人がいて、「櫂」って同人誌の仲間だったんだけど。彼が死んだって知らせが届いたの、たしかオレがイスラエルにいたときだったのね。そのときに佐野さんから来た手紙を読んで、すぐに悼む詩を書いたんですよ。

伊藤　友竹さんが亡くなったときに？

谷川　そうそう。それでまた佐野さんから、電話かメールかで「死んだことについて、誰かが詩を書けって言ってきてるよ」って連絡が来たときに「もう書いたんだ」って返事したのは覚えてる。それで、準備がよすぎるってちょっと責められたんだよ。

伊藤　へえ、そのときの詩ってどんな感じでした。

谷川　なかなかいい詩ですよ。

伊藤　それ、詩に書くってことは、かなり対象化されますよね。

谷川　そりゃもう、はじめから対象化してるんだよ、オレは、きっと。

伊藤　佐野さんのときは？

谷川　もう縁がなかったって感じでしたね。別れてからだいぶ経っていたし。もちろん、その対象化っていうのは、すでに自分の中で終わっていたと思うしね。

伊藤　ですよね。だから亡くなったことで、引き裂かれるような思いは……。

谷川　全然ないですよね。比呂美さんとは違うかもしれないけどね。

「無」になることへの好奇心

伊藤　ハロルドは、私が在宅で看取ろうって腹をくくって、うちに連れて帰ったら数日で死んだんですね。やっぱり何日か前から「息が苦しい」って言って、向こうの看護師は英語で、「これは死ぬ道のりです」みたいなことを冷静に言うわけですよ。

谷川　うん、そうだろうねえ。

伊藤　んです。

谷川　英語だから表面的にはわかっても、私はなんか心の深いところで理解してなかった

伊藤　なんていうの？

伊藤　"progression"――進歩？　なんだろうとか思っちゃって。末期の患者ですからね、谷川　痛い苦しいのをなくすのに、モルヒネの入った薬をどんどん濃度を上げていく。私、彼の介護用ベッドの足元で「死ぬとき　人はどうなる」とか検索してて（笑）。

谷川　とにかく、苦しみを軽くするのに薬を使うんだね。

伊藤　ええ。それでね、モルヒネを点滴し始めたら、そのせいで夢を見るんです。眠っているハロルドがそりゃあ生き生きと喋り出したんです。その前までは、呂律の回らない、文句だらけの、ハロルド本体の三十パーセント出力みたいな状態だったのに、急に元のハロルドのままの声で「キミはそっちを持って、よし、1、2、3」って。その直前にいた施設ですごく不満だったんですよ、スタッフが呼んでも来ないって。で、夢の中で、呼んだら来てくれた人たちに、自分を運ぶ指令を出していた……。

谷川　それは確かに麻薬だね。すごいねえ、薬の力って。

伊藤　はい、本当に。それから仕事の話をしはじめて、込み入ったことをずっと話してて、それから、「OK, I'll call you back.（わかった、掛け直す）」……で、たぶん電話を切ったんですよ、夢の中で。そのあと静かになった。あ、静かだな、って思ったんで

すね。立ち上がって、彼を見たら、死んでいた。

谷川　電話を切るって、ことばで言ったんだ。見てすぐに、何か「わかる」んだよね。

伊藤　わかりますね。ガシャって電話を切って、立ち上がってどこかに行ったって感じです。あれを見たら、自分が死ぬのも怖くはないと思いましたね。ああやって、どこに行くんだろう。どこに行ったとしても、それを人に伝える手段がないんだから、フィードバックはできない。

谷川　そりゃできないよ、死んじゃってるんだから。

伊藤　谷川さんは今死んでも何も問題がないと仰る。そこなんです。私、死に際しての実感をナマのことばで聞きたくて、いろんな人生の大先輩たちに聞いてまわったんですけど、でも、わからなかったです。

谷川　聞いてまわったって（笑）。

伊藤　その一環だったと思うんです、小田嶋さんに聞いたのも。でもわかったのは、高齢とはいえまだお元気な、今の谷川さんみたいに、それほど死が近寄ってきてない段階だと、その質問が早すぎちゃって、みなさんファンタジーを話してくださるんです。

谷川　ファンタジー？

伊藤　そう、「死ぬ」というファンタジー。それを自分が死ぬっていう実感として話してくださるの。石牟礼さんがまさにそうでしたね。まだ八十歳の手前くらいで、「おトイレに自分で行かれなくなったら死にたい」と、まったくそういう状態ではない時分の話ですよ。それで、ホントのホントに、ああこれはもう近いって思ったときには、こちらが聞けなかったです。「死ぬってどういうことですか」とか「どういうふうに変化してきたか、今は何を考えてらっしゃいますか」みたいなことは。

谷川　どういうふうにって（笑）。

伊藤　自分の両親にも、ハロルドにも聞けなかった。寂聴先生には聞けたんですけど、先生はもう人からそんなことを聞かれ過ぎていて。

谷川　うん、質問慣れしてるだろうね。

伊藤　だからね、何回も人に言ってる定番のお答えになった。「書きながら、『ああ、疲れた』って書き物机にうつぶせて、そのまま死にたい」って。あと「地獄の方が天国より面白そうだと思ってたけど、痛いのは何よりキライだから今は行きたくない」とか、「あの世へ行ったら、昔の男たちが岸壁で待っている」とか。で、谷川さんに何をどう伺ったら、谷川さんの死への実感が、まざまざとここに現れてくるんだろう。

谷川　オレもやっぱり地獄はイヤだなあ、痛そうだもん。

伊藤　そりゃ、私もです。もう一度お聞きしますけど、真面目な話、怖くないですか、死ぬのって。

谷川　……怖くはないよ。むしろ楽しみがある、とは前にも言ったと思う。そもそもあの世なんかないっていうんなら、「無」になるって実際はどんな感じなのか、好奇心があるんです。

伊藤　はあ、好奇心ですか。

谷川　うん、でもたぶんそれは、寝落ちしたときの感じに近いんじゃないかとにらんでいるの。しかもそれが一過性のものじゃないっていうんだから、長い間、寝落ちの感じが続けられるものかしらんとか、考えますね。

伊藤　仏教やキリスト教や、宗教を調べていくと、みんな意識がなくなってしまうのが怖いと。眠ったら目を覚まさない、っていうのが怖くて、人は浄土とか天国とかって考えて、意識が続くんだと思いたいんじゃないかと……。私、個人的には、「天国でまた会いましょう」みたいな感覚はギマンだと思ってますけどね。

谷川　え？　ギマン、ギモン、どっち？

伊藤　欺瞞。詩人として許せんと思いますね。天国なんてあるかい、って立場です。谷川さんはどうですか？

谷川　うん、天国はないと思うね。オレほら、わりと友だちが少ないんだよ。誰かに会いたいとか、そこで待ってるよ、みたいな感覚はないね。オレはもともと、自分を

「無」にしたい人なんですよ。だいたい、「詠み人知らず」がいいって言ってるじゃないですか。詩の作者である必要はないと。っていうことはつまり、自分がいなくなってもいいんだよ。詩を書くことにアイデンティティを感じているってことだからね。

死ぬよりも怖いこと

伊藤 前に、医者の友人に「死ぬとき、人はどうなる？」って聞いたんです。そしたら、「その人にもともと病気があった場合は苦しい」って言うんですよ。心臓が動かなくなる、循環が悪くなる、肺に水が溜まる、息ができない……ってどんどん苦しみが増すし、痛みだって強くなると。だけど、単にどんどん歳を取って死ぬときは、枯葉がポロッと枝から落ちるように死ぬんですって。

谷川 そうそう、だから、そういきたいね。新聞の死亡記事にときどき、死因が「老衰」って人がいるじゃないですか。あれ、何か嫉妬しちゃいますよね。うまいことやりやがったなって（笑）。

伊藤 そういうときってホントに、寝たまま、すぅーって感じなのかしら。

谷川 わからないよ、経験したことないから。

伊藤 親鸞が死んだときには苦しみがあった、っていうのを、親鸞の奥さんが、暗に書いているんですよ。でもね、法然が、死ぬっていうことを「かみすぢいっぽん切るようなもの」って言いましたけど。あれなんか、法然、人の死を散々見てきたんだろうなって思うと、なんかとってもスリリングで。

谷川　うん、書いてたねえ。そうだと思うよ。

伊藤　でも、昔は今みたいに老衰で死ぬ人は少なかったでしょ。五十歳やそこらで老衰はありえないでしょ。

谷川　法然の時代は九百年くらい昔だから、五十歳で老衰、あったかもしれないよ。

伊藤　親鸞、九十まで生きましたよ。個人差があるんでしょうね。『日本霊異記』とか『発心集』とか、人の死のいっぱい出てくるもの読んでも、あまり老衰ですうっというのは出てこなかったんじゃないかなあ。谷川さん、まだ運転なさってたときね、免許証の裏側にある、事故に遭ったら臓器提供OKです、って欄に署名なさってました？

谷川　やらなかった。だって、人にあげたくない、自分を（微笑）。

伊藤　えー、そうですか。もったいないじゃないですか。せっかく使えるものがあるのなら。私、おばさんとして、リサイクルの精神で生きてますから。

谷川　なんかそういう風に、部品として扱われたくないんだよね、自分を。

伊藤　そしたら、死んだときに火葬にするのもいやですか？

谷川　べつに。焼くだけで、バラバラにはならないでしょう。骨は散らばるかもしれないけど、灰になるだけでしょ、簡単に言えば。

伊藤　でもお葬式で、お骨上げして骨壺に入れて、余ったのはどっか行っちゃうんですよ。

谷川　うん、それでいいんじゃない？

伊藤　それはいいんですか。私、実は、絶対できないけどやってみたいというのが、鳥葬。鳥じゃなくても獣でもいいけど。

谷川　じゃあ、チベットとかインドとか、そっちの方に行かないと。

伊藤　まだやってるとこ、あるんですかね。こう、死体が野外で放っておかれてね、「九相図」みたいにね、どんどん獣や鳥に食べられてね、小さくなっていくっていうの、やってみたーい。

谷川　やってみたいって言ったって、やるときはもう自分はいないんだよ、意識がなくて。なに、動物の命になりたいの？

伊藤　そうそう。あるいは、キノコが生えてくるの、冬虫夏草でしたっけ。そういうのはどうでしょう。

谷川　それ、実行するのは大変だよね。許可なんか関係ないとこに行かなくちゃ。日本は散骨でもなんでも、法律できっちり決められてるんじゃないの。

伊藤　うう。……でも、死の話ってなんでこんなにおもしろいのか。お経もたくさん訳したし、いろんな人と話したたし、知るってすごいです、死そのものが怖くはなくなる。ただ、みなさん言ってますけど、死ぬ前の苦しみはない方がいいな。痛いっていうのが、一番怖いじゃないですか。

谷川　やあ、それは怖いけど、もっと怖いのは人前で垂れ流しになることだよね。

伊藤　ええっ、谷川さんまで石牟礼さんと同じことを。

谷川　やっぱり世代的なものもあるのかな。とにかく、ウンコ、シッコは人生の基本っていうのを、僕は学んでますから。だから自分でウンコ、シッコができなくなるのは、ほとんど恐怖ですよ。

伊藤　恐怖ですか。だけど、病院とか施設に入って動けなくなったら、とうぜんおむつになるだろうし……。

谷川　そう、だから施設に入ればもちろんそれでいいんですよ。ただオレ、本当に大病をしたことがなくて、ヤバいんですよ。

伊藤　頑健でいいじゃないですか。

谷川　だから、何かあって病院に入ったら、もう死ぬんじゃないかっていう恐怖がありま す。

伊藤　できるだけここにいてください。

谷川　ああ、できるだけ病院にも施設にも行かないで、このままどうやって暮らすかっていうのは、宿題としてあるよね。

伊藤　じゃあ自宅で、トイレが間に合わなくておしっこを尿瓶にするみたいなことは、それもイヤ？

谷川　尿瓶ねえ（小声で考え込む）……何かねえ。

伊藤　かなり晩年のハロルドがね、まだ頭はしっかりして、アシスタントを使って仕事もしてたんですけど、間に合わなくなって……。

谷川　そうそう、「ちょいモレ」とか言うのは、それでしょ？

伊藤　それは、女性もあります。下着にちょろっと出ちゃう程度の。そうじゃなくて、ハロルドは仕事場に尿瓶を置いていて、したくなると、それにおしっこするんですよ、人前で。

谷川　人前で、するの⁉

伊藤　するんですよー。妻の前でも、アシスタントの男性の前でも。お客さんが来たときもしてたなあ。平気で尿瓶を取って、使って、それをまたポイポイ置くんですよ。私それが気になって、気になって。尿瓶はいつも私が洗ってたんですけど、デザインが悪くて、よけいなミゾが入ってて、そこにおしっこがたまると臭くなるんです。それで、ミゾのとこもきれいに洗って置いておく。

谷川　ミゾまでたまらないうちに洗っておくわけだね。

伊藤　そうそう。おしっこしたら、さりげなく、気がつかないうちに、スッと行ってサッと空けて、洗って。

谷川　あー、気がつくと嫌がるのか。

伊藤　やっぱりイヤだろうなと思ってね。配慮はしました。でも、慣れちゃうと人間、それが常態になっちゃう。

谷川　うん、よくわかる、それ。ホントに慣れちゃうよね。

ただ死んだ、が一番いい

伊藤　寺山さんの話にしても、著名な方々の最期ってまとまって本になったりしてますよね。谷川さんご自身の死にざまっていうのも、そんな感じで書かれると……。

谷川　死にざまって、もう死んでるから書けないじゃん！

伊藤　いや、書くのは他人なんですけど。どういうのが正解ですか、っていうか、どういうふうに書かれたいと思います？

谷川　書かれたいなんて、全然思わない。オレ、ロンドンで夏目漱石が住んでた家を見学したけどね。自分が死んだあと、そういうの残してもらいたい？

伊藤　いや、全然そんな気、ないです。本すら残してもらいたくないですね。

谷川　そりゃそうでしょ。

伊藤　谷川さんは残してもらいたいですか。こちらのお宅とか、お仕事とか。

谷川　どっちでもいいの、僕は。ただ、印刷物で残るのがイヤだから、全部電子メディアにして残したいね。何か手軽じゃない？

伊藤　すっごい手軽だけど、それじゃ面白くないんですよ。研究者とか、評伝を書く人は、直筆の原稿用紙とかにあたって、書き損じがあるからここに何かが……ってやっていくのが仕事だから。

谷川　そりゃそうだろうけど、そんな風に研究なんかしてもらいたくないんですよ。

伊藤　でも谷川さんの死にざまに関しては、日本中が興味あると思う。絶対。

谷川　誰が書いてくれるかもわからないのに、どう書くかもないけどね。まあ、病名がないとちょっとスッキリしませんよね、死亡記事って。

伊藤　でも老衰でしょ、狙うは老衰。

谷川　病名とか、名前を付けてほしくないの。だから「老衰」もイヤ。ただ死んだ、って言われるのが一番いいんだよね。

伊藤　それはちょっと難しい。心しておきますね。

谷川　（笑）

伊藤　谷川さん、「惰性で生きてるからいつ死んでもいい」って仰ってましたけど、じゃあ心残りっていうのもありません？　私は犬猫たちがいるから、急に死ぬのはやっ

谷川　ぱり困る。心残りがありまくりです。

伊藤　オレ、今もすごく寝つきがよくて、寝床に入ったらバタンキューで、眠りの問題って一切ない人なんですよ。だから、老衰だとかいろいろ言ったけど、眠ったまま、そのままになるだろうなっていうのは、すごく想像がつくね。

谷川　そのまんま起きなくてもいいって感じですか、大変失礼ですけど。

伊藤　うん、そうねえ。ただ、起きなくてもいいとは思わなくて、やっぱり心残りなことはありますよ。ゆうべ書いてた詩、あの行を直さなきゃな、とか思いながら死ぬんだと思うけどね。

谷川　やっぱりそこですか、心残りは。

伊藤　それはあなたの言う、ファンタジーかもしれないね。心残り、ある気がするけど、それはあのう……言えないですね。

谷川　それは、秘密だから言えないということです？

伊藤　というか、心残りがあるかどうかもよくわからないし、ことばにしにくいね。

谷川　ことばにできないことが本質に近い、ってことですか。詩人なのに。深いです……。

伊藤　谷川さん、いちおう今日で最後なんです。長い間、お付き合いありがとうございました。お会いしてないときでも、谷川さんと脳内で対話しているような、谷川さんを背中にしょって生きているような、スリリングきわまりない、楽しい日々でした。

これからもちょこちょこ、話を聞いてもらいに、お邪魔させてくださいね。

谷川　はい、こちらこそ。いつでもどうぞ。

※1　『私』所収　二〇〇七年　思潮社

※2　『夜のミッキー・マウス』所収　二〇〇三年　新潮社

※3　初出「現代詩手帖」一九九〇年一月号　思潮社

※4　発言は二〇二二年三月、小田嶋氏は同年六月に逝去。

※5　小説家　1927-2018

※6　作曲家　1930-1996

※7　1931-1993

詩

六月に

三十分ほど歩いたあたりで
標識もない折れていく小道があり
松や樺がおいしげり
しばらく行くと老いた男が
若い犬を連れていた
飼い主の先に立って走る犬は私を
不審者とみとめ、立ち止まって考え
それから男の元に戻り
男の声で警戒を解かれ、また走って来た

今度は枝をくわえ、私に渡し
私は投げ、若犬は走り、戻って来
私は投げ、若犬は走り、また戻って来た
やっと私のそばまで来た老いた男が
「この先に海がある」
手や声や表情で私に伝えた
そうだそこに行くのだと私は返した
松や樺が途切れたら
そこが海だった
海で、空だった
風が一陣
ドイツからリトアニアのほうに吹いた

また一陣
アイスランドのほうからロシアのほうに吹いた
帽子が飛んだ
すぐ捕まえられると思った
私の日よけの帽子は
砂の上
転がり転がって
デンマークからポーランドに
寄せてきた波に捕まってしまった

比

比呂美さん、

車椅子の上から眺めていると
世間は速くも遅くもなく
丁度いいリズムで時を刻んでいる
ように見えますが
これは生きるのに飽きた老人の
錯覚かもしれない

今一番したいことは何ですか？

私は立ち上がって歩きたい！

俊

あとがきに代わるおしゃべり

谷川俊太郎

まえがき、あとがきというのをいくつも書いたような気がする。それが本文に対してどんな意味を持つのか、あまり考えたことはない。だが、齢九十二ともなると、もう前も後もないような気がするので、自分のためではなく、比呂美さんのために、よしなしごとを思いつくままに綴っておくことにする。

今現在、私はまだ死んでいないので、比呂美さんに「これは未定稿です」と言いたいところだが、考えてみたらこれまで書いてきた詩も散文もすべて推敲の余地のあるものばかりだから、もう言い訳はやめにして事実のみを提示するにとどめる。

谷川俊太郎（たにかわ・しゅんたろう）

1931年、東京生まれ。詩人。52年に詩集『二十億光年の孤独』を刊行。70年以上にわたり詩作を続け、国内外で高い評価を得る。劇作、脚本、翻訳、絵本、作詞、写真などジャンルを超えて活躍。75年『マザー・グースのうた』で日本翻訳文化賞、82年『日々の地図』で読売文学賞、93年『世間知ラズ』で萩原朔太郎賞、2010年『トロムソコラージュ』で鮎川信夫賞、16年『詩に就いて』で三好達治賞など受賞。詩集に『六十二のソネット』『旅』『夜中に台所でぼくはきみに話しかけたかった』『はだか』『私』『ベージュ』『虚空へ』『どこからか言葉が』など。24年11月、死去。

伊藤比呂美（いとう・ひろみ）

1955年、東京生まれ。詩人。78年に現代詩手帖賞を受賞してデビュー。性と身体をテーマに80年代の女性詩人ブームをリードし、「育児エッセイ」の分野も開拓。女の生に寄り添い独自の文学に昇華する創作姿勢が共感を呼ぶ。2018～21年、早稲田大学教授。06年『河原荒草』で高見順賞、07年『とげ抜き 新巣鴨地蔵縁起』で萩原朔太郎賞、08年紫式部文学賞、15年早稲田大学坪内逍遥大賞、19年種田山頭火賞、20年チカダ賞、21年『道行きや』で熊日文学賞を受賞。お経の現代語訳に取り組んだ『読み解き「般若心経」』『いつか死ぬ、それまで生きる わたしのお経』、その他の著書に『ショローの女』『森林通信――鷗外とベルリンに行く』『野犬の仔犬チトー』など。

かっぱかっぱらった
かっぱらっぱかっぱらった
とってちってた
かっぱなっぱかった
かっぱなっぱいっぱかった

〔対談収録日〕
二〇二〇年一〇月二日
二〇二一年三月一三日
　　　　四月一〇日
　　　　七月一七日
　　　　一〇月二八日
二〇二二年一月二八日
　　　　四月七日
　　　　六月一九日
　　　　一一月二七日

初回の対談のみ「婦人公論」二〇二〇年一一月一〇日号に部分掲載。他は語り下ろしです。

対談集《たいだんしゅう》
ららら星《ほし》のかなた

2024年9月25日　初版発行
2025年3月10日　再版発行

著　者　谷川俊太郎《たにかわしゅんたろう》
　　　　伊藤比呂美《いとうひろみ》

発行者　安部順一

発行所　中央公論新社
〒100-8152　東京都千代田区大手町1-7-1
電話　販売 03-5299-1730　編集 03-5299-1740
URL https://www.chuko.co.jp/

DTP　ハンズ・ミケ
印　刷　TOPPANクロレ
製　本　大口製本印刷

Published by CHUOKORON-SHINSHA, INC.
Printed in Japan　ISBN978-4-12-005832-5 C0095